KB192738

人文系私設図書館
Lucha Libro

나는 숲속 도서관의
사서입니다

不完全な司書

FUKANZEN NA SHISHO

나는 숲속 도서관의
사서입니다

不完全な司書

아오키 미아코 지음 | 이지수 옮김

어크로스

서문

살아내기 위해 읽습니다

산과 강으로 둘러싸인 곳에서 사서로 지내고 있습니다.

나라현 히가시요시노무라라는 산촌의 오래된 집에 책을 한가득 채워 넣고 남편과 함께 운영하는 인문계 사설 도서관 '루차 리브로LUCHA LIBRO'는 제가 예전에 일했던 도서관과는 여러 의미에서 다릅니다. 농촌에서는 흔한 가옥 구조인 밭 전田 자로 배치된 방들을 책장으로 구분해 서고와 열람실이라고 이름 붙였지만, 이곳은 저희의 서재와 거실이기도 합니다. 책장에 꽂힌 책들은 모두 저희의 개인 장서라서, '서비스'라기보다는 '나눔'이라는 개념으로 공간을 개방하고 있습니다.

그런 공간을 꾸려나가는 저 또한 다소 특이한 사서가 아닐까 합니다. 지금 저는 이곳에서 여정의 동행자로서 오는 사람들을 맞이하는 동시에, 이 공간을 마주하는 당사자가 되기도 합니다. 찾아온 사람들의 이야기를 듣다 보면 제 깊은 곳으로 잠겨드는 듯한 착각에 빠집니다.

어릴 적에는 잠들기 전 어머니가 그림책을 읽어주는 시간을 무척 고대했습니다. 제 기억에 두 오빠는 버지니아 리버튼의 『생명의 역사』나 먼 옛날의 전쟁을 묘사한 그림책을 좋아했던 것 같고, 저는 동식물에 관한 그림책을 좋아했습니다. 각자 책을 한 권씩만 골라도 세 권이었으니, 아침부터 저녁까지 일한 뒤 집안일까지 마치고 그 책들을 읽어주던 어머니는 몹시 고단했겠지요. 책을 읽다가 꾸벅꾸벅 졸아서 우리가 쿡쿡 찔러 깨우면 다시 읽어주는 경우도 흔했습니다 (주무시게 놔둘 것을 그랬습니다). 그림책 책장으로 뻗던 손은 점점 사토 사토루의 『아무도 모르는 작은 나라』나 제프리 트리즈의 『이 호수에서 보트 금지』 등 그림책보다 두툼한 아동문학서가 꽂힌 책장으로 향했습니다. 그로부터 책장에 즐비했던 성인 대상의 책(고이즈미 야쿠모*나 오카모토 기도**)을 펼치기까지는 그리 오랜 시간이 걸리지 않았습니다.

대학 시절 중반, 자취를 시작한 무렵에도 어릴 적부터 연거푸 읽어온 그림책과 좋아하는 작가의 책, 그리고 어머니가 예전에 직장에서 얻어왔다는 낡은 목제 책장(지금도 저희 도서관에 있습니다)을 들고 와 옷장 속에 넣어두고 흐뭇해했습니다. 그런 나날 속에서 저는 취업 활동을 시작했습니다. 구직에 유리하게 작용할 정보를 구인 사이트에 등록하고, 모두들 입는 면접용 정장을 걸치고, 정해진 틀 안에서 개성을 드러내는 방식에 저는 적응하지 못했습니다. 제 나름의 '일'을 머릿속에 그려보기가 어려웠습니다.

그 뒤 옷걸이에 걸어둔 면접용 정장이 걸어 다니는 것처럼 보일 정도로 건강이 나빠지고 체중이 급격히 줄어드는 와중에 간신히 일자리를 구했습니다. 이시카와현 바닷가 근처 학교법인의 도서관 사무과에 배치되었습니다. 대학교 직원으로 채용되었기 때문에 입사 전에는 어디에 배치될지 알 수 없었지만, 채용 면접 때 "사서 자격증은 무난하게 딸 수 있을 것 같아요?"라는 질문을 받은 것에 저의 운을 걸어보았습니다. 의학과 간호학 관련 서적을 모아둔 도서관이어서 처음에는 "○○○라는 책 있어요?" 하는 질문을 받으면 ○○○이 무엇인지 알아듣지 못했습니다. 그래서 메모지에 적어달라고 하거나 퇴근 후 교직원을 대상으로 하는 영어 회화 학원에 다니기도 했습니다(미국 국립의학도서관 분류법을 참고할 때나 논문 검색, 데이터베이스 조작 등에 영어가 필요했기 때문입니다. 특히 의학 영어는 몹시 외우기 힘들었습니다). 거기서 2년 반쯤 일한 뒤 결혼을 하고서 고베의 산 위에 있는 학교법인으로 이직했고, 그곳에서도 도서관과에 배치되었습니다.

바닷마을 도서관에서 산마을 도서관으로 일자리를 옮기고 곧바로 동일본대지진이 일어났습니다. 고베에서는 4년 정도 일하며 책과 연속간행물의 흐름에 관한 도서관 업무를 두루 경험했습니다. 그 무렵 제가 살던 연립주택에는 거실에 커다란 책장이 있었고 친구들이 자주 찾아와 즐거운 시간을 보냈는데, 아마도 그것이 루차 리브로의 원형이었던 듯합니다. 고베에서의 충만한 시기가 지나가고 오사카의 학교법인으로 이직한 후 곧바로 몸과 마음에 이상이 생겨 휴직했습니다. 돌이켜보면 새로운 직장에서 잘 지내지 못했던 것뿐만 아니라 첫 취업 활동 이후 오래도록 이어진 직장 근무로 피로가 쌓였고, 동일본대지진을 겪으며 느낀 사회에 대한 위화감도 계속 커져만 가서 막다른 골목에 부딪혔는지도 모릅니다. 그 무렵 남편도 일과 도시 생활에 한계를 느끼고 있었습니다.

이런 과정을 거쳐, 우연히 이어진 인연의 끈을 붙들고 저희는 히가시요시노무라로 거처를 옮겨 루차 리브로를 만들었습니다. 그때의 상황에서 상처 없이 온전한 상태로 빠져나오지는 못해서 석 달 반 동안 입원한 뒤에 이사했습니다. 그로부터 거의 7년간 한 달에 열흘 정도의 개관을 근근이 유지하며, 다리를 건너고 숲을 가로질러 찾아와주는 사람들과 책을 사이에 두고 이야기를 나누는 나날을 보내고 있습니다.

이런 저의 과거에는 언제나 '책'과 '삶의 어려움'이 자리해 있습니다. 살아가기 어려운 상황을 살아내기 위해 책을 끼고 지내왔기도 해서, 제가 읽어온 책과 독서를 둘러싼 기억을 열어보기만 해도 '나도 참 잘도 살아 있구나' 하는 생각이 들어 어쩐지 머리가 멍해집니다. 루차 리브로는 그런 제가 읽어온 책들을 쫙 늘어놓은 공간이고, 바로 그 때문에 다소 힘든 상황에 처해 있는 사람들이 문득 이곳을 발견하면 먼 길을 찾아와주는 게 아닐까 합니다.

이 책에서는 제가 읽어온 책과 그 독서를 둘러싼 기억을 펼쳐놓을 것입니다. 그 궤적은 사막을 걷던 사람이 오아시스를 발견하여 물을 마시고 살아남은 지점을 표시한 선과 점

같아서, 하늘을 나는 새가 보면 땅을 기어가는 별자리처럼 보일지도 모릅니다. 이 별자리가 나중에 오는 누군가의 이정표가 되어, 물이 샘솟는 장소를 표시해주기를 바랍니다.

---

* 일본인으로 귀화한 영국 출신 작가로 일본 유령과 귀신 이야기를 담은 『괴담』 등의 책을 썼다.
** 탐정물과 괴담물로 유명한 일본 작가.

차례

1 사서 자리에서 보이는 풍경

2   옷장 속의 책장

3   치유의 독서

4   히가시요시노무라의 계절

1

사서 자리에서
보이는 풍경

불완전한 사서*

'불완전한 사서'라는 말을 저는 왠지 좋아합니다. 원래는 아르헨티나 작가 호르헤 루이스 보르헤스가 단편 「바벨의 도서관」에서 사용한 표현이지요. 그는 "불완전한 사서인 인간은 우연의, 혹은 심술궂은 조물주의 작품일 것이다"라고 썼는데, 제가 받은 느낌은 보르헤스가 의도한 바와 다르기에 만약 보르헤스와 이야기를 나눈다면 호되게 혼날지도 모릅니다. 하지만 애초에 신랄한 표현이긴 하지요.

저는 정신질환을 앓으며 사설 도서관을 꾸려나가고 있습니다. 저 자신도 과제를 껴안은 채로 다른 사람의 과제를 도와주고 있는, 문자 그대로 '불완전한 사서'입니다. 직장의 인간관계에 좌절해 일을 하지 못하게 된 것을 계기로 저의 질환이 겉으로 드러났습니다. '히가시요시노무라에서 집을 개방해 사설 도서관을 운영한다'는 구상은 증세가 심해져 스스로를 상처 입힌 후 입원하기 전부터 머릿속에 그려온 구상이었는데, 입원 중에는 남편이 먼저 꺼냈는지 아니면 제가 먼저였는지 "사설 도서관 이야기는 일단 접어두자"는 말도 나왔습니다. 하지만 만신창이였던 제가, 어째서인지 결국 도서관을 여는 쪽으로 방향을 돌렸습니다.

입원해 있는 동안 제가 만난 사람은 의사나 간호사 같은 의료·복지 관계자와 남편, 그리고 부모님뿐이었습니다. 입원했다는 사실을 친구들에게는 알리고 싶지 않았고, 부모님 역시 오빠들이나 조부모님께 말하지 않은 듯했습니다. 몸에 난 상처는 순조롭게 회복되었지만 오른쪽 다리를 90도 이상 구부리지 못하게 된 것, 그 당시 내내 휠체어에 앉아 지낸 것, 얼굴에 난 상처로 외모가 바뀐 것 등으로 인해 어떤 얼굴로 지인들을 마주해야 할지 막막하다는 것이 그 무렵의 속내였습니다. 어머니도 저를 할머니와 대면시키는 것을 "조금만 더, 조금만 더 지나고……" 하며 망설이는 기색이었습니다.

언어로 표현하기 힘든 '삶의 어려움'을 장애의 관점에서 묻는 아라이 유키의 『휠체어 옆에 선 사람: 장애로 보는 '삶의 어려움』에는 다음과 같은 구절이 있습니다.

> 지금 당신의 눈앞에 '한 장애인'과 '그 옆에 선 사람'이 있다
> 고 치자. 그런 광경을 상상해주기 바란다. 물론 '장애'와 '장
> 애인'에도 여러 가지 종류가 있지만 여기서는 일단 '휠체어
> 를 탄 장애인'이라고 해두겠다.
>
> 이 '휠체어 옆에 선 사람'은 어떤 인물일까? ……대부분의
> 사람들은 이 인물을 '가족'이나 '간병인(특히 전문 복지사)'으로
> 상상한다. ……말할 것도 없이 사람과 사람 사이의 관계는
> 지극히 다양하다. 그러므로 '휠체어를 탄 장애인'과 '그 옆에
> 선 사람'도 갖가지 조합을 생각해볼 수 있다. ……그럼에도
> 불구하고 한쪽이 '장애인'이라는 이유만으로 두 사람의 관
> 계를 둘러싼 상상력은 한쪽으로 쏠리고 만다.
>
> 아라이 유키, 『휠체어 옆에 선 사람: 장애로 보는 '삶의 어려움'』

제가 입원해서 직면한 것은 이처럼 그야말로 상상력이
한쪽으로 쏠리는 상태였습니다. 장애인으로서 가족이나 간
병인(즉 장애를 어느 정도 이해하고 있는 비장애인) 이외의 사람과
관계를 맺어나가는 모습이 머릿속에 잘 그려지지 않아서,
나중에 입원 사실을 안 친구가 병문안을 오겠다고 해도 거

절했습니다. 하지만 사설 도서관 이야기는 일단 접어두자는 말이 나왔을 때, 저는 '퇴원하고 히가시요시노로 이사한 뒤에도, 과연 사람이나 사회와 관계를 맺지 않고 살아가게 될까?' 하고 생각해봤습니다. 그러자 '장애가 있는 내 옆에 설 사람'으로 가족과 간병인 외에, 제가 잘 아는 관계가 떠올랐습니다. 바로 도서관 이용자입니다. '옆에 서는 사람'이 도서관 이용자라면 저는 '장애가 있는 사람'인 동시에 '도서관 직원'일 수도 있습니다. '도서관 직원'인 저는 도움을 받으면서도 상대를 도와줄 수 있는 존재가 됩니다. 설령 그것이 '불완전한 사서'일지라도 말입니다.

그렇게 생각하자 어디선가 바람이 불어와 상상력의 족쇄가 풀리는 기분이 들어서, 집을 개방해 사설 도서관으로 운영한다는 구상과 히가시요시노무라에서 펼쳐질 생활에 대해 다시금 이런저런 생각을 해보게 되었습니다. 저에게 도서관은 마음이 사방팔방 꽉 막혀 있을 때도 저절로 머릿속에 떠오를 정도로 친숙한, '사람과 만나고 관계를 맺는 장치'였던 모양입니다. 그런 연유로 오늘도 이 '불완전한 사서'는 온순한 얼굴로 사서로 일하고 있습니다.

정신질환을 앓는 상태로 도서관을 꾸려나가는 것이 실제로 어떤가 하면, 약을 먹고 자는 탓에 개관 시간이 임박해서 눈을 뜨거나 머릿속이 뒤죽박죽이 되어 정신없을 때도 있지만 기본적으로 해야 할 일이 정해져 있어서 크게 부담스럽지는 않습니다. 무엇보다도 방문객들이 저를 도와줍니다. 일이 감당이 되지 않아 폭발할 지경일 때는 곧바로 "청소 좀 도와주세요" 하고 SNS에 호소합니다. 그런 식으로 7년 가까이 해왔더니 작년(2022년)에는 736명이나 되는 손님이 찾아왔습니다. '장애인' 옆에 서는 사람이 736명이라고 생각하면 믿기지 않는 일이며, 개관하는 날이 적음에도 불구하고 발걸음을 해주는 손님들에게는 말로 표현할 수 없는 고마움을 느낍니다.

자, 여기까지는 제가 '불완전한 사서'라는 표현을 나름대로 확장해 해석한 것입니다. 한데 보르헤스가 말한 '불완전한 사서'에서 불완전함이란 대체 무엇일까요? 문화인류학자 이마후쿠 류타의 『보르헤스의 「픽션들」: 미궁의 꿈꾸는 호랑이』를 보면, 보르헤스가 「바벨의 도서관」을 집필하기 전에 「완전한 도서관」이라는 선구적인 엽편을 발표했다는 사실을 알 수 있습니다. 여기서 사서(인간)의 불완전성, 유한성은 도서관의 완전성, 무한성에 대비된다고 해석할 수 있을지도 모릅니다. 이마후쿠는 "만 권의 책을 아는 것은 전

능함이 아니라 오히려 지知의 무의미함을 명백히 드러낸다는 역설. 그런 역설의 도서관에서 살아가는 자는, 어느 순간이 책들 속 모든 글자를 저주하며 그 앞에서 영원히 눈 감기를 바라지 않을까?"라고 서술하며, 80만 권의 책이 소장된 아르헨티나 국립도서관 관장에 취임함과 동시에 시력을 잃어갔던 보르헤스와 「바벨의 도서관」 속 화자인 늙은 사서를 중첩시킵니다. 도서관이라는 끝없는 우주 앞에서는 모두가 '불완전한 사서'인 것입니다.

---

* 이 책의 원제.

책이라는 창문

책은 '창문' 같다고 늘 생각합니다. 문이 아닌 창문. 손잡이를 돌리면 곧장 다른 세계로 나갈 수 있는 장치는 아니지만, 창문이 존재하면 지금의 방과는 다른 세계를 느낄 수 있습니다. 창문은 바깥 세계의 부드러운 바람과 강렬한 햇빛, 비에 젖은 흙냄새, 나무와 꽃이 있는 선명한 풍경을 방으로 불러들입니다. 그런 점에서 책은 시간과 공간을 뛰어넘어 다채로운 풍경과 바람, 그리고 빛을 데려와주는 근사한 창문입니다.

저는 이 근사한 창문에 달라붙어 있던 아이였습니다. 남들과 대화를 나누는 것이 서툴렀던 탓에 집이나 학교에서 마음 편히 있을 장소를 찾을 수 없었고, 주위 사람들과의 의

사소통에도 어려움을 겪었습니다(지금도 소통에 능숙한 것은 아닙니다). 그럴 때 저에게 작디작은 목소리로 말을 걸어준 것이 책이었습니다. 저는 책이라는 창문에 푹 빠져 거기서 불어오는 바람을 가슴 가득 들이마시고, 거기서 내리쬐는 빛에 차가운 손을 녹였습니다. 그 시절 좋아했던 그림책은 지금도 거듭 읽고 있으며, 저희 도서관인 루차 리브로의 책장에도 꽂혀 있습니다. 자라오는 내내 손에서 놓지 않았던 책도 있고 다시 산 책도 있는데, 지금 떠오르는 것은 다니카와 슌타로의 『혼자』와 사사키 마키의 『난 역시 늑대야』, 모리스 샌닥이 그림을 그린 『사랑하는 밀리』, 이 세 권입니다.

『혼자』라는 그림책을 처음 읽었을 때의 충격은 지금도 기억에 생생합니다. 먼저 미와 시게루가 그린 그림의 선과 색감이 눈에 확 들어와 마음을 사로잡았습니다. 주인공 소년 '나'의 마음도 인상적이었습니다.

> 엄마는 모두와 사이좋게 지내라지만 나는 나야. 모두와 달라. ……혼자여도 나는 외톨이가 아니야. 나는 잠자리랑 친구, 바람이랑 친구, 하늘이랑 친구, 별이랑 친구, 우라시마 다로˙도 내 친구.
>
> 다니카와 슌타로, 「혼자」

이런 구절을 접하고 어린 마음에도 '이렇게 생각해도 되는구나' 하며 희망을 얻었습니다.『난 역시 늑대야』도『혼자』와 비슷한 면이 있는데, 이 책의 주인공인 늑대는 조금 더 주저하는 느낌입니다. 거리를 떠돌다가 친구들과 즐겁게 지내는 다른 동물들을 보면 "흥" 하고 콧방귀를 뀌며 허세를 부리기도 하고, '내가 사슴이라면 저기에서 신나게 놀 텐데' 하고 상상해보기도 합니다. 늑대를 무서워하는 동물도 많습니다. 무덤가의 유령들조차 친구가 있는 장면에서는 가슴이 아려옵니다. 그런 여러 가지 생각 끝에 늑대가 가지게 되는 마음은, 넓은 창문으로 내다보는 경치처럼 탁 트여 있습니다.

『사랑하는 밀리』는 행복하게 지내던 엄마와 딸에게 시련이 닥치는 이야기"입니다. 두 사람의 집으로 전쟁의 불길이 다가오자 엄마는 사랑하는 딸 밀리를 숲으로 피신시킵니다. 거기서 밀리는 자신과 똑 닮은 소녀를 만나 신비로운 시간을 보냅니다. 저는 이 이야기를 통해 사람은 저마다 자신의 시간과 운명을 살아간다는 것을 이해했습니다(물론 당시에는 이렇게 언어로 표현하지 못했지만요). 그것은 어떤 면에서는 냉혹한 사실이지만, 동시에 '남들보다 느리고 볼품없다 해도 나 자신에게 흐르는 시간을 살아가는 수밖에 없어' 하며 스스로를 받아들이는 계기도 되었습니다.

그런 아이가 자라나 대학도서관 근무를 거쳐, 무슨 생각이었는지 남편과 함께 나라현의 산골짜기 마을로 이사해 집의 일부를 개방하여 사설 도서관을 만들었습니다. 그때까지의 생활이 남편과 저에게 맞지 않아서, 저희 안에 흐르는 시간을 무시해야만 살아갈 수 있는 상황에 숨이 막혔기 때문이었습니다. 그런 경위를 밝혔기 때문인지 이곳에는 멀리서나 가까이서나 창문이 필요한 사람들이 찾아옵니다. 그리 넓지도 않은 소박한 낡은 집을 '도서관'이라고 우기며 운영하는 이 사설 도서관에서는 사람과 사람 사이의 거리가 가까워서 사서가 손님에게 책을 빌리기도 하고, 그들끼리도 책 이야기로 꽃을 피웁니다.

직접 말을 주고받을 때 말고도 대화가 태어나는 순간이 있습니다. 저희 도서관에서는 남편이나 단골손님이 장서에 붙여놓은 포스트잇을 떼지 않고 그대로 대출합니다. 그러면 책을 빌려간 사람이 반납할 때 "이 부분, 포스트잇은 없었지만 재미있었어요" 하고 알려주기도 합니다. 그런 광경을 보고 있노라면 창밖 풍경을 홀로 가만히 바라보던 시절로부터 어느새 세월이 흘러, 이제는 커다란 창가에서 사람들을 불러 모아 서로가 서로에게 "저기 좀 봐" 하고 말하게 되었구나 싶어서 깜짝 놀랍니다.

도서관의 서가는 근사한 창문을 잔뜩 낸 벽 같아서, 사서는 누군가를 창가로 불러 창문을 열어주며 "저쪽에 예쁜 꽃이 피어 있어요", "여기에 서 있으면 상쾌한 바람이 불어요" 하고 말을 걸 수 있다는 사실을 산속에서 도서관을 꾸려오며 깨달았습니다. 혼자서 양껏 즐겨온 좋아하는 창밖 풍경을 보면, 지금은 그것을 보여주고 싶은 사람들의 얼굴이 건너편에 하나둘 떠오릅니다. 제가 미처 열지 못한 창문을 대신 열어두거나 창틀을 닦아주는 손님도 한둘이 아닙니다.

혼자서 책이라는 창문에 달라붙어 있던 시절, 창문을 통해 펼쳐지는 풍경을 접하는 것은 저에게 '지금 여기'를 살아내기 위한 매우 개인적인 수단이었습니다. 하지만 저희의 문제의식을 펼쳐 보이며 찾아와주는 사람들과 공유하고, 창가에 서서 함께 풍경을 바라보게 된 지금 그것은 다른 의미를 지니는 듯합니다. 함께 창가에 서는, 다시 말해 함께 책을 읽는 행위는 당신과 내가 하나가 되어 생각하고 사회를 구축해나가는 것의 마중물이 될 수도 있지 않을까요.

누군가가 '지금 여기'를 살아내고자 할 때면 깊게 숨을 들이쉴 수 있는 창가로 초대합니다. 심호흡을 하고 나면 이번에는 먼 곳을 바라보며 함께 생각하고, 이야기를 나눕니다.

그런 행동 하나하나가 조금씩 미약하게나마 사회에 영향을 줍니다. 그러한 도서관의 가능성을 산골짜기 작은 장소에서 상상하며, 오늘도 창문으로 손을 뻗습니다. 누군가를 창가로 부르는 이에게도 상쾌한 바람과 따스한 햇살이 닿기를.

---

* 선행을 베푼 대가로 용궁에 초대받아 즐거운 시간을 보냈지만, 고향에 돌아오자 수백 년의 세월이 흘러 있었다는 일본 전설 속의 인물.
** '그림 형제'의 동생 빌헬름 그림이 지은 이야기로, 1816년 밀라라는 소녀에게 쓴 편지 형태로 남아 있다가 1983년에 발견되었다.

숲속의 오래된 집에서
도서관을 운영한다는 것

   70년쯤 전에 지어진 오래된 집의 일부를 개방해 사설 도서관을 연 지도 7년 정도 되었습니다. 산과 강 사이의 땅을 가까스로 개척해 지은 이 집에서 도서관을 운영하다 보면, 대학도서관에서 일할 때는 상상조차 하지 못한 곤란한 문제가 연신 생겨서 종종 당황합니다.

   낡은 전통가옥 천장에서는 이따금 나무판 틈새로 검댕과 먼지가 떨어지는데, 이 친구들이 꽤나 골칫덩이입니다. 책 위에도 떨어져 쌓이기 때문입니다. 직접 손으로 털어내려고 하면 책에 새까맣게 얼룩이 생깁니다. 조그만 선풍기를 사서 바람으로 날리거나 미니 칠판지우개를 써보기도 했지만, 이물질이 말끔하게 날아가지 않거나 책에 붙여둔 포스트잇이 구겨지는 등의 문제가 생겨서 결국 붓으로 귀결되었습니다. 서예 같은 걸 할 때 쓰는, 게다가 털이 부스스한 붓. 부스스하지 않으면 손으로 붓털을 문질러 일부러 부스스하게 만듭니다. 이렇게 해서 쓰면 포스트잇을 요령껏 피하면서도 끈질긴 검댕과 먼지를 털어낼 수 있습니다. 도서관 휴일에, 혹은 문을 연 날이라도 여유가 생기면 털어내는데, 바쁠 때면 "누가 좀 도와주세요" 하고 요청해서 모두 함께 붓을 든 적도 있습니다.

일상적인 책 관리는 이 정도지만, 파손이 심한 경우는 근처에 사는 제본가에게 부탁해 복원합니다. 오래된 책 중에서, 예를 들어 오카모토 기도의 희곡집 중 하나인 『용녀집』은 장정이 매우 마음에 들어 최대한 원래 상태가 유지되도록 복원해달라고 부탁했습니다. 그랬더니 원래 종이와 비슷한 천을 책등에 붙여주었습니다. 또 언젠가는 일본 화가 미타니 가즈마의 『에도 장인 도록』이라는 문고본이 파손되었습니다. 이 책은 문고본이어서 복원이 다소 어려웠던 탓에, 본문이 보존된다면 괜찮다고 판단해 눈 딱 감고 완전히 새로운 제본으로 다시 만들었습니다. 저희 도서관을 방문하면 두 권 다 꼭 한번 살펴봐주길 바랍니다.

저희 도서관에 볕이 잘 들지 않는 것이 책에는 다행한 일이지만, 산과 강에서 날아드는 습기는 책의 큰 적입니다. 6월쯤부터는 서큘레이터로 공기를 순환시키고 환기와 폭서(曝書, 책을 볕에 쬐어 말리는 것)에 신경을 씁니다. 다행히 창문을 활짝 열어두면 바람이 꽤 잘 통해서 습기를 쫓아내는 데 도움이 됩니다. 이 시기에는 밤이 되면 습기에 비례해 벌레도 많아져서 살아 있는 온갖 것들의 생명력에 취해 머리가 어질어질합니다. 그런 마음이 전염되는지 책의 낱장도 왠지 흐물흐물해집니다. 환기에 유의해야 하는 이유 중 하나는 저희 도서관 서고와 열람실에 에어컨이 없다는 것입니다. 막 이사 왔을 때는 '시원하구나. 에어컨은 필요 없겠어'라고 생각했지만 최근 폭염이 잦아져서 마침내 문명을 맞아들일 것을 고려하고 있습니다. 이 시기의 손님 역시 에어컨 없는 여름의 습기를 함께 느끼며 시간을 보냅니다.

벌레 이야기가 살짝 나온 김에 솔직히 말하자면, 도서관 문을 여는 낮 동안에도 열람실에 벌레가 심심치 않게 출몰합니다. 계절에 따라 다르기는 하지만요. 메뚜기나 꼽등이 정도라면 귀엽게 봐줄 수 있지만 지네가 나오면 곤란합니다. 예전에 두 번 정도 손님이 지네를 발견해 재빨리 퇴치한 적이 있습니다. 한 번은 손님의 도움을 받아 퇴치했지요. 저는 어린 시절 산에 자주 올라갔기 때문에 원래 벌레를 별로 무서워하지 않는 편이었지만, 이렇게까지 벌레와 함께하는 도서관을 꾸려나가게 될 줄은 몰랐습니다. 손님이 벌레 이름을 물어볼 때도 많습니다. 기왕 이렇게 된 거, 도감을 보면서 도서관을 둘러봐도 재미있을 듯합니다.

책을 보존하고 배치하는 데는 역시 책장이 중요합니다. 저희 도서관 책장은 이 지역의 목수가 근처에서 벤 나무를 사용해 만들었습니다. 처음 책장을 의뢰했을 때는 마트에서 사오면 되지 않느냐며 거절하려 했지만, "이 장소에 잘 어울리는 책장이 있어야 하고, 수량도 많이 필요해요!" 하고 제가 열심히 설명했더니 수락했습니다. 또 그만큼 만들려면 나무를 베어오는 편이 싸게 먹힐 거라고 해서, 벤 나무를 건조시켜 목재로 만들 때까지 기다렸습니다. 그런 다음 지금의 탄탄한 책장을 짜주었지요.

꽤나 긴 선반을 걸친 부분도 나무의 특성을 꼼꼼하게 고려해 만든 덕분인지 휘어지지 않습니다. 임업으로 유명한 지역이기에 만들 수 있었던 책장이 아닌가 싶습니다. 이 책장이 만들어짐으로써 이제 이 집은 어엿한 도서관이 되었다는 생각이 들었고, 성격 급한 저는 그로부터 한 달쯤 뒤에 개관을 해버렸습니다.

오래된 전통가옥에서 책을 보존하고 도서관을 운영하는

일에는 고생이 뒤따르긴 하지만, 역시 책과 집의 상태를 유지하는 데 가장 좋은 방법은 사람들이 이용해주는 것입니다. 이 집을 저희끼리만 쓰면서 책을 껴안고 있었다면 책은 더 빨리 손상되었을 테고, 열람실과 책장 역시 망가졌을지도 모릅니다. 당신이 이 공간에 들어와주기만 해도 한 줄기 바람이 불고, 책장을 넘기는 당신의 손길이 책을 살립니다. 그런 식으로도 당신은 루차 리브로의 운영을 도와주고 있습니다.

장서를 펼치면,
우리의 고민도 펼쳐진다

　왜 사설 도서관을 열었는가. 그 대답은 백 사람이 있으면 백 가지로 나오지 않을까요. 만약 그런 질문을 받으면 저는 이렇게도 답할 수 있을 것 같습니다.

　"저희끼리로는 감당할 수 없는 문제가 있었기 때문에."

　언뜻 듣기로는 그것이 사설 도서관과 무슨 관계가 있느냐고 되묻고 싶어지는 대답이지만, 사실이 그랬습니다. 저희에게 장서는, 무엇에 대해 고민하고 무엇을 문제라고 생각해왔는지를 그대로 담아둔 사고의 흔적입니다. 그 장서를 공개하는 것은 자신의 문제의식을 겉으로 고스란히 드러내는 일이나 다름없습니다. 다시 말해 저희가 사설 도서관을 만들어 다른 사람들에게 공개한 것은, 저희끼리 감당이 안 되는 문제의식을 펼쳐 보이며 '함께 생각해주세요' 하고 누군가를 불러들이는 일이었습니다.

'문제' 이야기로 되돌아가면, 당시 저는 직장 생활이 뜻대로 되지 않아 커다란 좌절을 겪고 있었습니다. 지금 돌이켜 보면 저희가 그 무렵 품고 있었던 답답함과 헛도는 듯한 느낌, 공허함은 사회의 움직임과 결코 무관하지 않았습니다. 저는 노동력 제공자로서 제대로 기능하지 못하게 된 자신에게서 존재의 가치를 찾지 못했고, 그처럼 '나는 곧 노동력을 제공하는 상품'이라는 생각에 빠지기 쉬운 사회의 구조에 발목이 붙들려 있었습니다. 그 시기에 저는 자기 책임론적인 사고방식을 강하게 내면화했고, 자살을 시도해 석 달 반 동안 입원해야 할 만큼 다쳤습니다. 바로 이것이 '저희끼리로는 감당할 수 없는 문제'였는데, 고민하던 당시에는 가족과 제 안에서만 생각이 꽉 막혀 결과적으로 시야가 점점 좁아졌습니다.

그런 경위가 있어서인지, 안정을 취해야 한다는 이야기를 들었을 때 저는 "아니야, 아무도 안 와도 도서관을 열 거야" 하고 말했습니다. 그때는 사설 도서관이 '장서를 공개함으로써 문제의식을 펼쳐놓고, 그곳으로 타자를 불러들여 함께 생각하게 만드는 장치'라는 생각은 하지 못했지만, 왠지 모를 직감으로 책장을 죽 세워놓고 올지 말지 모르는 손님을 기다리는 사서로서의 제 모습을 그려볼 수 있었습니다. 문제를 내부에 가두어두는 것이 얼마나 위험한지 통감했기 때문에, '열어놓고 함께 생각한다'는 방식을 무의식중에 원했던 것인지도 모릅니다.

같은 사설 도서관이라 해도 장서를 갖추는 방법이나 운영 방식은 저마다 다양한데, 저희 도서관처럼 원래 개인적으로 소장하던 책을 그대로 내보이는 데다 폐가식 서가가 거의 없는 것은 드문 경우일지도 모릅니다. 자신의 장서를 대부분 공개한다는 것은 책을 좋아하는 사람에게는 자기 머릿속을 열어서 보여주는 것이나 다름없습니다. 루차 리브로의 책장에는 그런 개인 장서가 가득 꽂혀 있습니다.

개인 장서의 특징으로, 앞서 말했듯 저희 도서관 장서에는 포스트잇이 잔뜩 붙어 있습니다. 남편이 붙인 것도 있고 단골손님이 붙인 것도 있는데, 이 포스트잇이 '문제의식을 펼쳐놓고 함께 생각하는 것'을 돕는 장치가 되어줍니다. 도서관 개관 당시에는 '포스트잇을 붙인 채로 대출하면 이용자들도 읽기 힘들겠지……' 하며 미안한 마음이 들었습니다. 그러나 남편의 습관상 다 떼어내기 힘들 정도로 포스트잇이 책에 잔뜩 붙어 있었고, '무리하지 않고, 서비스가 아닌 나눔으로서 도서관을 꾸려나간다'는 방침도 있었기에 그대로 붙여두고 운영하기로 결정했습니다. 그랬더니 책을 빌려간 손님이 "이 문장에는 포스트잇을 왜 붙이셨어요?" 하고 물어보거나 자기만의 포스트잇을 붙이는 단골손님이 나타나는 등, '함께 읽고 함께 생각하는' 교류가 일어나기 시작했습니다. 처음에는 깜짝 놀랐지만 지금은 누군가가 먼저 포스트잇을 붙여둔 책을 읽는 것이 무척 즐겁습니다.

'저희끼리로는 감당할 수 없는 문제가 있었기 때문에' 절 박한 심정으로 개관한 사설 도서관이지만, 지금은 거기서 더욱 멀리 나아간 듯한 기분이 듭니다. '문제의식을 펼쳐놓 고, 함께 읽고 함께 생각하는 것'이 저도 모르는 사이에 서 로를 돌보고, 강하게 만들고, 먼 곳까지 나아가기 위한 기력 을 불어넣어주었습니다. 저희의 문제의식을 그대로 펼쳐놓 고 있어서인지 찾아오는 사람들도 자신의 문제를 툭 터놓 고 이야기해주고는 합니다.

사회에 대해 저희가 느꼈던 답답함과 비슷한 감정을 품 고 있는 사람도 많아서, 서로를 열어 보임으로써 가까워지 는 느낌을 받습니다. 또 그런 대화가 책을 추천하는 계기도 되어 '열어놓고 함께 생각하기'의 즐거움과 든든함, 풍성함 을 매일 실감합니다. 그리고 '저희끼리로는 감당할 수 없는 문제'에 직면했을 때, 제 곁에 우연히 도서관이 있었다는 데 감사하고 싶습니다. 도서관만큼 '열어놓고 함께 생각하기'에 어울리는 장소는 없을 것이기 때문입니다. 책장을 죽 세워놓고 올지 말지 모르는 손님을 기다리는 사서로서의 제 모습을 그려보던 시절의 저에게, "아니야, 너는 앞으로 더 먼 곳으로 나아가게 될 거야" 하고 귀띔해주고 싶습니다.

루차 리브로의 하루

이따금 "(루차 리브로의 사서는) 몇 시에 일어나고 무슨 일을 하시나요?"라는 질문을 받습니다. 확실히 SNS에 올리는 글은 추상적인 화제가 많으니 저희 도서관의 실제 모습이 잘 드러나지 않겠구나 싶었습니다. 그래서 이번에는 루차 리브로의 어느 하루를 묘사해보려 합니다.

아침 7~8시쯤 남편이 먼저 일어나 강아지 오크라* 주임에게 밥을 주고 산책을 시킨 뒤 고양이 가보스** 관장님의 식사를 챙겨드립니다. 저는 꿈속에서 남편에게 "잘 다녀와" 하고 인사합니다.

도서관을 여는 날은 대체로 9시 무렵에 간신히 일어나 관내를 청소합니다. 바닥과 다다미를 테이프 클리너로 청소하고 책상과 고타쓰*** 위를 닦다 보면 눈 깜짝할 사이에 개관 시간이 됩니다. 커튼레일을 다 없애버려서 위쪽 창틀에 고리로만 걸어놓은 커튼을 창문에서 떼어내고, 겨울에는 고타쓰의 이불 등을 정리한 뒤 도서관 전등을 켭니다. 그런 다음 도서관 간판을 산속 나무에 기대어 세우고 문을 열면 개관 완료입니다.

11시 개관과 동시에 손님이 찾아올 때도 있지만 오전 중에는 아무도 안 오는 경우도 드물지 않습니다. 그럴 때는 책 윗부분의 먼지를 붓으로 털어내거나 다리 근처의 낙엽을 치우며 시간을 보냅니다. 꽃과 풀을 관찰하다가 꽃꽂이를 하기 위해 조금 꺾어오기도 합니다. 참고로 저는 개관일에는 아침과 점심을 먹지 않습니다. 배가 너무 부르면 잠이 오기 때문에 카페라테 같은 것으로 대신합니다.

오후 2~3시는 손님이 잦은 시간대입니다. 앞선 손님이 돌아간 뒤 책상을 닦고 있으면 숲속에서 걸어오는 다른 손님이 보이는 식입니다. 빈자리의 양상도 다양한데, 특히 추운 시기에는 어느 자리에 앉더라도 손님이 한기를 느끼지 않도록 신경 쓰느라 여념이 없습니다. 하지만 자리 문제는 결국 손님끼리 양보하거나 함께 앉는 등 서로 잘 배려해주어서 제 걱정과는 달리 대체로 원만하게 해결됩니다.

손님과 이런저런 이야기를 나누는 것은 대부분 이 시간대입니다. 이야기가 깊어지면 사서 자리 옆에 의자를 두고 차를 곁들여 대화를 나눕니다. 속 시원히 해결되는 문제는 거의 없고, 대화 주제 자체가 불분명할 때도 많습니다. 그런데도 왠지 즐거워서 두런두런 이야기하다 보면 시간이 쏜살같이 흐릅니다.

책장 너머로 손님끼리 이야기를 나누는 기척을 가만히 느낄 때도 있습니다. 누군가가 와 있으면 가보스 관장님도 열심히 열람실로 나와서 손님에게 인사를 건네거나 아이들과 놀아주곤 합니다. 이럴 때 관장님은 든든한 동료로 느껴집니다.

오후 4시쯤이면 이미 해가 뉘엿뉘엿 저물어가고 손님들도 하나둘 줄어듭니다. 다만 오후 5시대의 버스를 타고 돌아가는 손님도 있어서, 그런 손님은 5시 폐관 후에도 잠시 머무르며 느긋하게 떠나도록 배려합니다.

폐관 때는 개관 때와는 반대로 바깥 조명과 실내의 불필요한 전등을 끄고, 숲속 간판을 가지고 돌아와서 문을 닫습니다. 아침에는 밝은 햇빛과 바람을 도서관 안으로 불러들이고, 해가 지면 밤의 어둠을 관내에서 밀어내는 작업을 하는 느낌입니다. 실제로 산골짜기 마을의 밤은 무척 어두운 탓에, 암만 도서관에서 어둠을 밀어내봤자 여기저기 스며들기는 하지만요.

저녁 8시 전에는 남편이 돌아오기 때문에 그전에 가보스 관장님에게 식사를 드리거나 오크라 주임의 밥을 챙겨주고 산책을 준비하기도 합니다. 하지만 그전에, 도서관 문을 닫으면 열람실에 아무렇게나 드러누워 자며 잠깐 동안의 휴식을 즐길 때가 많습니다. 물론 도서관 일로 지쳐 있기도 하지만, 이는 이곳이 도서관에서 집으로 변했다는 것을 확인하는 작업이기도 합니다.

그러는 사이에 남편이 배고파하며 집에 오면 곧바로 식사를 합니다. 먹는 장소는 그때그때 다른데, 열람실에서 먹기도 하고 겨울에는 따뜻하게 데운 침실에서 먹을 때도 있습니다. 식사 후에 글을 쓰기도 하면서 시간을 보내는 곳 역시 침실이나 사서 자리입니다. 겨울에 한 방에 모여 지내는 것은 놀라울 만큼 좋은 방법이어서 침실에 석유난로 2대를 두고 사람과 개, 고양이, 화분까지 그곳에서 함께 시간을 보냅니다. 그것이 가장 효율적이고 따뜻하니까요.

밤 11시쯤 되면 별을 보면서 오크라 주임과 밤 산책을 다녀오거나 타일을 깐 욕실에서 덜덜 떨며 서둘러 목욕을 마칩니다. 그리고 자정이나 밤 1시 전에는 이부자리에 듭니다. 요즘은 담요 한 장에 이불을 석 장쯤 덮고 잠을 자고, 동물들도 전용 전기장판으로 몸을 녹이며 잠듭니다. 루차 리브로의 어느 하루가 이렇게 마무리됩니다.

* 　 오키나와 규슈 남부에서 재배되는 아열대 채소.
** 　 일본에 흔한 감귤류의 나무 혹은 그 열매. 유자와 비슷하다.
*** 　 밥상에 이불을 덮은 형태의 난방 기구로 안쪽에 전기 히터가 붙어 있다.

사설 도서관에서 느끼는
공공의 감각

언젠가 저희 도서관 바로 근처에 있는 사적지를 청소했을 때의 일입니다. 그날은 집에서 빗자루를 들고 가 사적지의 광장에 수북이 쌓인 삼나무 잎을 쓸고 있었습니다. 청소 도중 다리 건너편에 차가 멈춰 서더니 한 무리의 젊은이들이 내렸습니다. 이 사적지는 에도 시대 말기의 지사志士* 집단인 덴추구미天誅組의 우두머리이자, 도사번**에서 최초로 번을 벗어난*** 요시무라 도라타로가 막부를 타도하려고 군사를 일으켰다가 후원 세력을 잃고 토벌군에게 목숨을 빼앗긴 후 매장된 곳입니다. 히가시요시노에는 덴추구미와 관련된 사적과 묘지가 곳곳에 있어서 역사를 좋아하는 사람이나 에도 말기에 흥미가 있는 사람, 고치현과 인연이 있는 사람 등이 이따금 사적지를 찾아옵니다. 그들도 아마 역사를 탐방하려는 사람들이었겠지요. 무리 중 한 명이 말을 걸어와서 "저는 저쪽 집에 사는 사람인데요……" 하고 말했더니 "동네분이 자원봉사로 사적을 청소하시는 거예요?" 하며 깜짝 놀라는 것이었습니다. '자원봉사'라는 단어의 뉘앙스와 제가 하고 있는 행동 사이의 괴리감에 순간적으로 머리가 멍해졌지만, 그때는 어디가 어떻게 동떨어져 있는지 저 자신도 알 수 없어서 애매하게 "네에" 하고만 대답하며 대화를 마쳤습니다.

이 괴리감의 근원에는 '공공'에 대한 인식의 차이가 있는 듯합니다. "자원봉사예요?"라는 질문을 들었을 때는 깜짝 놀랐지만, 이곳으로 이사 오기 전에는 저의 인식도 그와 비슷했습니다. 예전에는 공원 같은 공공장소의 운영 주체나 운영 방침은 그 주변에 사는 사람들끼리 자치적으로 이야기를 나누어 결정하는 것이 아니라, 행정기관의 부서 회의처럼 제가 참석하지 못하는 곳에서 정해져 주민들에게 전달되는 느낌이었습니다. 예컨대 '공놀이 금지', '개 산책 금지'라는 표지판이 붙어 있으면 그 지시에 따르고, 놀이터의 놀이기구가 부서져 있으면 '얼른 좀 고쳐주지' 하고 생각하는 등 사용자로서 그 공간을 대했습니다. '공공'의 것을 달

045

리 어떻게 대해야 할지 몰랐고, 위에서 아래로 전달되는 것 가운데 제가 누릴 수 있는 요소를 최대한 누리는 데 집중했습니다. 어쩌면 동네 주민이 사적지를 청소하는 모습에 놀란 사람은, 분명 최종 이용자end user일 누군가가 관리와 운영에도 관여한다는 데 신선함을 느꼈는지도 모릅니다.

'자원봉사'라는 단어 자체의 뉘앙스와 제가 하는 행동 사이에 괴리감이 왜 생겼는지에 대해서도 생각해봅니다. 후생노동성 사회지원국 지역복지과에서는 "자원봉사에 대해 명확한 정의를 내리기는 어렵지만 일반적으로는 '자발적 의지에 기반해 타인 또는 사회에 공헌하는 행위'를 가리켜 자원봉사 활동이라고 일컬으며, 활동의 성격으로 '자주성(주체성)', '사회성(연대성)', '무보상성(무급성)' 등을 들 수 있다"고 설명했습니다. 이 설명을 읽어보면 '타인 또는 사회(공)'와 '자신(사)'은 과연 명확하게 구분될까라는 의문이 샘솟습니다. 도시에 살던 무렵에는 임대한 집과 그 부지 안쪽이 '사', 바깥쪽이 '공'이라는 느낌이 또렷해서 공사의 경계가 명확했던 듯합니다. 그러고 보니 코로나19 팬데믹 시기에 학교가 휴교했을 때, 아이들을 데리고 공원에 가도 왠지 모를 비난의 시선을 느끼고 집에 있어도 "아이 목소리가 바깥까지 들립니다"라는 쪽지를 받는다는 부모들의 이야기를 들은 적이 있습니다. 팬데믹이라는 특수한 변화 탓도 있겠지만, 그런 상황을 거치며 공사 구분에 대한 잠재의식이 강화된 것 같기도 합니다. 여기서는 공적인 장소에 사적인 것이 나오는 경우를 일절 허용하지 않는, 공과 사 사이에 커다란 간극이 있는 듯한 느낌을 받습니다.

하지만 시골에서 살다 보니 그 경계에 명확한 선을 그을 수 없게 되었습니다. 집만 해도 툇마루와 현관 앞, 봉당까지는 다른 사람이 덜컥덜컥 문을 열고 들어오는 것이 일상이고, 큰 방을 개방하면 모임을 열거나 관혼상제를 치르는 공적인 장소가 되기도 합니다. 사적과 광장, 신사 같은 공적인 장소를 청소하며 관리를 하는 것도 대개는 동네 사람들이니 공과 사의 범위가 그때그때 바뀌는 면이 있습니다. 그래서 최종 이용자로서만 어떤 공간과 관계를 맺는 경우가 드문 듯합니다. 하지만 이런 것이 '자발적 의지에 기반해 타인 또는 사회에 공헌하는 행위'인가 하면, 그와는 조금 다른 느낌입니다.

이러한 시골 생활이 반영되었는지, 어느새 루차 리브로도 공과 사를 넘나드는 장소가 되었습니다. 그렇다 해도 개관일이 한 달에 열흘 정도이니 시골 사람이 자신의 장소를 공유하는 감각과 도시 사람의 공과 사에 대한 감각의 중간

쯤이겠지요. 평소에는 사적인 공간으로 쓰는 집의 3분의 2를 개방해 찾아오는 사람들과 거실과 서가를 공유합니다. 이곳을 오가는 사람들은 단순한 이용자라기보다 '공'을 함께 만들어주는 이들로 느껴집니다. 어떤 이는 저희 도서관의 간판과 책장을 만들어와 루차 리브로의 공간을 꾸미는 것을 도와주었습니다. 또 어떤 이는 빌려간 책에 대한 감상을 다양한 시선에서 이야기해 장서에 대한 저희의 이해가 깊어지도록 도와주었습니다. "이 시리즈가 루차 리브로에 1권밖에 없어서 뒤편은 직접 사서 읽었어요. 재밌었으니까 기증할게요" 하며 속편을 가져와준 이도 있었습니다. 공과 사가 넘나드는 장소를 최종 이용자로서 대하는 것이 아니라, 저마다 손닿는 곳에 있는 '공'을 함께 만들어나갑니다. 이러한 경험의 축적이 '공'에 대한 무력감을 무너트리고 사회를 함께 만들어나가는 첫걸음이 되기를, 산기슭 도서관에서 꿈꾸고 있습니다.

* 일본 에도 시대 후기에 막부 타도와 메이지유신을 목표로 활동한 사상가 및 혁명가.
** 현재의 고치현.
*** 당시 번(藩, 봉건 영주 다이묘가 다스리던 영지)을 벗어나는 것은 불법이었다.

창밖을 보러 온 사람

이미 수차례 했던 이야기지만, 저에게 책은 여러 가지 풍경을 보여주고 바람을 실어 날라주는 '창문'입니다. 손잡이를 돌리면 다른 곳으로 갈 수 있는 문은 아니지만, 지금 있는 방과는 다른 세계의 존재를 확실하게 느끼게 해주는 것이 창문의 효용이라 할 수도 있겠지요. 책을 창문에 비유한 것은 안쪽과 바깥쪽을 자유롭게 오가지 못했던 저 자신이지만, '이곳과는 다른 풍경을 보여주는 창문'이라는 이미지는 스기우라 히나코의 만화 『야스지 도쿄』에서 가져왔습니다.

『야스지 도쿄』는 스기우라 히나코 본인의 모습과도 어딘가 닮은 데가 있는 한 여성이 메이지 시대(1868~1912년)의 도쿄와 빌딩이 즐비한 쇼와 시대(1926~1989년)의 도쿄를 오가며, 메이지 시대의 풍경화가 이노우에 야스지의 발자취를 더듬어가는 내용입니다. 이야기는 야스지의 스승인 고바야시 기요치카와 이노우에 야스지의 관계, 그리고 두 화가의 화풍을 중심축으로 삼아 전개됩니다.

기요치카의 그림은 따뜻하고 드라마틱하게 그곳에서 숨 쉬는 사람들의 일상을 포착하는 것이 특징인데, 변해가는 도쿄의 풍경에 대해서도 만감이 교차하는 심정과 달콤한 슬픔이 느껴집니다. 기요치카의 작풍에는 화가의 따스한 시선이 배어 있지요. 반면 제자 야스지가 그린 도쿄는 화가가 마치 투명 인간인 것처럼 담백해서 그린 이의 기척이 느껴지는 스승의 작풍과 확실하게 구분됩니다. 이러한 야스지의 풍경화를 주인공 여성은 "야스지의 망막에 비친 풍경. 분명 이건 그림이 아니다. 더군다나 사진도 아니다. 백 년의 시간을 관통해 도쿄가 보인다. 이건 창문이다"라고 평가합니다.

이노우에 야스지는 14세 때부터 '최후의 우키요에' 화가'라고 일컬어지는 고바야시 기요치카의 문하에서 그림을 배웠고, 17세인 1880년에 〈아사쿠사바시의 저녁 풍경〉과 〈신요시와라의 밤 벚꽃 풍경〉을 발표했습니다. 그때부터 25세로 짧은 생애를 마치기 전까지의 그림이 지금까지 전해지고 있습니다. 스무 살 무렵 호를 '야스지安治'에서 풍경을 탐구한다는 뜻인 '단케이探景'으로 바꾼 뒤 작풍도 변했습니다. 야스지로 그린 작품은 높은 평가를 받는 반면, 단케이로 호를 바꾼 뒤에는 작풍이 확 바뀌어 평범해졌다고들 합니다. 『야스지 도쿄』의 주인공은 "'무아無我'의 시대에 그림을 남겼다는 것이 야스지를 특별한 존재로 만들었다. ……야스지가 남긴 '투명한 창문'으로 도쿄의 저편이 보인다"고 말합니다.

'그림도 사진도 아닌, 저 너머의 풍경을 보여주는 창문'이 두둥실 떠 있는 묘사. 제가 『야스지 도쿄』를 만난 것은 중고등학생 무렵이었는데, 이 묘사가 제 마음을 사로잡았습니다. 당시에 저는 지금 있는 곳과는 다른 세계의 존재를 확실하게 느끼게 해줄 장치를 간절히 원했습니다. 현대의 도쿄, 『야스지 도쿄』의 주인공이 지내는 시공간에 뻥 뚫린 '창문'의 이미지가 그것과 딱 맞아떨어졌는지도 모릅니다. 저 너머의 풍경과 바람, 기척을 갈망했던 저에게 『야스지 도쿄』에서 묘사된 야스지가 남긴 창문의 정교함과 선명함, 투명함은 제 간절함을 모조리 받아들여줄 것만 같아서, 어느새 저는 이 이야기에 공명하며 정신없이 빠져들었습니다.

또 창문이라고 하면 그 너머에 펼쳐진 풍경에 먼저 눈길이 가지만, 『야스지 도쿄』에서는 그 풍경을 바라보는 화가의 모습을 뒤쫓습니다. 야스지가 1882년부터 5년에 걸쳐 작업한 '도쿄 명소 그림' 가운데 아타고산의 풍경이 있는데, 안감이 붉은 망토를 두르고 풍경을 내려다보는 그림 속의 남자가 야스지 자신이 아닐까 상상해봅니다. 화가가 투명해서 손에 잡히지 않기 때문에 더더욱 그의 그림자에, 그의 망토에 손을 뻗어보고 싶어지는 것인지도 모릅니다.

창문이 전해주는 풍경과 빛, 바람에 푹 빠져 있던 저에게 이 관점은 눈이 번쩍 뜨일 만한 것이었습니다. 창문을 처음으로 바라본 사람이 선명하게 눈에 띄지 않더라도 확실히 존재하며, 그가 시공을 초월해 창가에 함께 서 있을 수도 있다고 생각하게 되었습니다. 그전까지는 저 혼자 창문에 달라붙어 있다고 생각했던지라 이는 실로 큰 변화였습니다. 야스지처럼 처음으로 이 창문을 열고 풍경을 본 사람, 그다음 사람, 또 그다음 사람…… 그런 식으로 창가에는 무수한 시선이 두둥실 떠올라 있습니다. 설령 그 사람이 세상을 떠났다 해도 시선은 그 자리에 남아 있습니다. 혼자 서 있다고 생각했던 제 옆에 같은 풍경을 보는 사람의 그림자가 어렴풋이 떠오르고, 가만히 응시하면 저를 향해 미소도 지어주고 있을지 모릅니다.

지금은 사설 도서관을 꾸려나가며 찾아와주는 사람들과 서가를 공유하고, 살아 있는 사람과도 창밖 풍경을 함께 즐길 수 있게 되었습니다. 대화를 나누거나 마주보고 고개를 끄덕일 수도 있게 되었고요. 하지만 같은 창가에 조용히 서 있는, 창밖을 바라봐온 이들도 잊지 않습니다. 책이라는 창문 앞에 설 때, 가만히 응시해보면 어딘가에서 그 기척을 느낄 수 있습니다. 도서관 서가에서는 죽은 자와 산 자가 하나가 되어 창문을 통해 같은 풍경을 바라보고 있습니다.

•   에도 시대에 성행한 풍속화.

시간이 걸리는 일,
시간을 들이는 일

히로시마시 교육위원회가 시립 초등학교 3학년 대상의 평화 학습* 교재 『히로시마 평화 노트』에 실려 있던 만화 『맨발의 겐』을 "피폭의 실상을 알기 어렵다"는 이유로 삭제하고, 2023년도부터는 피폭자 체험담으로 교체하기로 결정했습니다. 이 교재에는 겐이 생계를 위해 로쿄쿠浪曲**를 부르며 쌀과 돈을 얻는 장면과, 식량을 구하지 못해 영양실조에 걸린 어머니를 위해 연못의 잉어를 훔치는 장면이 실려 있습니다. 둘 다 전쟁이라는 비참한 상황 속에서 필사적으로 살아가는 겐과 주변 사람들의 모습을 표현한 장면입니다.

이런 장면들에 대해, 2013년에 해당 프로그램을 시작한 이후 히로시마시 교육위원회가 주재하고 학교장 및 대학교

수가 참석하는 교재 개정 회의에서 "료쿄쿠를 불러 돈을 버는 부분은 현대 아동의 생활 실태와 맞지 않다", "겐이 잉어를 훔치는 장면은 오해를 불러일으킬 우려가 있다"와 같은 지적이 나왔다고 합니다. 히로시마시 교육위원회의 다카다 히사시 지도 제1과 과장은 "『맨발의 겐』이 시민들 사이에서 널리 읽히고 있으며 우리 시에도 소중한 작품이라는 인식에는 변함이 없다"고 설명하면서도, "만화의 일부를 발췌한 장면만으로는 주인공이 처한 상황 등을 보충 설명할 필요가 생겨 정해진 시간 내에 가르치고자 하는 내용을 전달할 수 없다는 의견이 있었다"고 말했습니다.

이 문제에 대해 다양한 시점에서 의견이 오갔지만, 저는 특히 '주인공이 처한 상황 등을 보충 설명할 필요가 생겨 정해진 시간 내에 가르치고자 하는 내용을 전달할 수 없다'는 것이 『맨발의 겐』을 삭제하는 정당한(그렇다고 교육위원회가 생각하는) 이유로 내세워진 것에 대해 어떤 위험성을 직감했습니다. 그렇다면 그 위험성이란 대체 무엇일까요. 책장을 홀홀 넘기며 생각해보겠습니다.

영국 작가 필리파 피어스가 지은 『한밤중 톰의 정원에서』라는 아동문학 작품이 있습니다. 동생 피터와 보낼 여름방학을 고대하던 톰은, 피터가 홍역에 걸리는 바람에 격리를 위해 이모네 집에서 지내게 됩니다. 좁은 건물, 자신의 마음을 몰라주는 이모와 이모부, 과식으로 인한 불면증, 어디에도 나갈 수 없는 격리 생활에 지루함을 주체하지 못하던 톰이었지만, 어느 날 밤 1층 홀의 낡고 커다란 시계가 13번 종을 쳤을 때 뒤뜰 쪽 문을 열자…… 이렇게 시작되는 이야기입니다.

지난번에 저희가 정기적으로 개최하는 독서 모임인 '살아가기 위한 판타지 모임'에서 이 책을 함께 읽었을 때, 누군가가 "초반에 주요 인물이 좀처럼 등장하지 않아서 이야기가 진행되지 않는 게 답답했어요. 예전에 읽기를 포기했던 건 느린 초반 전개를 견디지 못해서였는지도 몰라요"라고 말했습니다. 그 말을 듣자 이 이야기가 새롭게 보였습니다. 『한밤중 톰의 정원에서』의 스토리에는 '시간'이라는 커다란 테마가 포함되어 있습니다. 또 스토리뿐만 아니라 이야기의 구조 자체에도 '시간'이 포함되어 있는 듯합니다. 주인공 톰은 이야기 속에서 "이렇게도 말할 수 있지 않을까? ……사람들은 저마다 다른 '시간'을 가지고 있다고. 물론 대부분은, 누구의 '시간'이든 모두 마찬가지로 커다란 '시간' 속의 작은 부분일 뿐이지만"이라고 말하기도 합니다.

초반에는 그야말로 어린아이(게다가 지루함을 주체하지 못하는)의 체감처럼 하루하루가 천천히 흘러가지만, 막바지에 이를수록 전개가 성난 파도처럼 빨라집니다. 이는 마치 인생 속의 시간 같습니다. 가령 여섯 살 아이에게 1년은 인생의 6분의 1이지만 나이를 먹으면 20분의 1, 40분의 1이 되어가는 느낌과도 비슷하지요. 바로 그렇기 때문에 이야기 초반부는 전개 속도가 느리지만 묘사는 자세하고, 독자도 이에 발걸음을 맞출 필요가 있었던 게 아닐까요.

『맨발의 겐』이야기로 되돌아가봅시다. '주인공이 처한 상황 등을 보충 설명할 필요가 생겨 시간이 걸린다'고 했는데요, 전쟁 중 아동의 생활 실태와 현대 아동의 생활 실태가 매우 다른 것은 당연한 일입니다. 어째서 매우 다른가 하면, 전자의 배경에는 전쟁이 있지만 후자는 그렇지 않기 때문입니다. 이 차이를 가르침으로써 전쟁이 아동을 포함한 시민의 생활에 어떤 영향을 끼치는지 전할 수 있지 않을까요. 주인공이 처한 상황을 설명할 시간조차 기다려주지 못하는 사회는 아무래도 위험하게 느껴집니다. 그 시간을 단축시켜서 아이들에게 무엇을 전하고 싶은 걸까요? 누구의 시간이든 모두 마찬가지로 커다란 시간 속의 작은 부분이지만, 사람들은 저마다 다른 시간을 가지고 있습니다. 그 사실을 인정하고 시간에서 의미를 찾아내면, 우리는 기다려줄 수

있습니다. 그런 시간이 흐르는 사회를 만드는 마중물로서,
『맨발의 겐』이 다시 교재로 돌아오기를 바라 마지않습니다.

<hr>

* 일본 학교에서 전쟁의 참혹함과 피폭의 실상, 평화의 중요성 등을 학생들
  에게 가르치는 것.
** 샤미센 연주에 맞춰 노래하는 일본의 대중적인 창으로 '나니와부시'라고
   도 한다.

포기한 것과
포기하지 않는 태도

　언젠가 루차 리브로에 지인의 딸 C가 찾아와줘서 기쁜 마음에 쓰지 고지의『우리 근처의 들꽃 산꽃 포켓 도감』과 이마모리 미쓰히코의『뒷산 생물 도감』, 다카노 신지의『일본의 들새: 자연 관찰과 생태 시리즈 7』을 꺼내 들고 도서관 주변의 동식물 탐방에 나선 적이 있습니다. 루차 리브로 주변만 해도 산과 강의 식생을 갖추고 있고, 습기나 일조량에 따라 각각 전혀 다른 식물이 자라니 흥미롭습니다.

　먼저 삼나무 숲과 루차 리브로의 한가운데에 있는 밭을 탐방했습니다. 차나무 울타리가 있어서 C와 함께 그 잎사귀를 문지르며 향을 맡아봤습니다. "와아, 차 향기가 나요!"라는 C. 마치 여왕님께 묘기를 선보이고 환심을 산 광대가

된 기분으로, 다음에는 이웃 땅과의 경계에 있는 커다란 산
초나무 아래로 C를 안내했습니다. 산초나무 잎의 강한 향
에 놀라 둘이서 얼굴을 마주보기도 했습니다. 또 밭에서 눈
에 잘 띄지 않지만 잊어서는 안 되는 것이 오레가노입니다.
밭에는 민트도 자라지만, 해가 잘 들지 않는 습한 땅이어선
지 흔히 보는 것처럼 번식력 강한 민트에 정복당한 상태는
아니었고, 대신 오레가노가 조용하고도 착실하게 땅을 뒤
덮고 있었습니다. C의 손톱만큼 작고 둥근 잎을 따서 손가
락으로 문지르자 평범한 생김새와는 달리 상큼하고 독특한
향이 코를 찔렀습니다. C도 웃는 얼굴로 "이 잎은 집에 가져
갈래요" 하며 휴지에 곱게 쌌습니다.

　밭에는 구기자나무와 탱자나무도 있습니다. 그때는 열매
가 아직 없었지만, 꽃이 피고 열매가 맺히면 말려서 먹거나
술로 담그기도 한다고 설명해주자 C는 동그란 눈으로 뾰족
뾰족 가시가 돋은 탱자나무를 올려다봤습니다. 여기로 이
사 온 뒤로 비료를 주지 않아서 꽃이 핀 모습을 본 적은 없
지만, C의 눈에는 갸륵하게 가득 핀 하얀 꽃들이 보였을지
도 모릅니다.

　강가로 내려가면 돌담 틈으로 넝쿨과 나무가 뿌리를 내
린 것이 보입니다. 마침 C가 놀러 온 시기에 겨울딸기가 빨

갛고 귀여운 열매를 매달고 있기에 따서 간식으로 먹었습니다. 새콤달콤한 그 맛에 C는 "맛있어요" 하면서 생긋 웃어주었습니다. 강으로 시선을 돌리면 피라미가 등을 반짝반짝 빛내며 헤엄치고 있습니다. 친구가 알려준 방법대로 투명한 반찬통을 준비해 뚜껑에 동그랗게 구멍을 내고, 안쪽 가장자리에 된장을 발라 강바닥에 가라앉혀두자 피라미가 대여섯 마리 잡힌 적이 있습니다. 아마 반찬통 덫을 설치하는 장소도 중요할 텐데, 물살이 잔잔한 바위 뒤쪽 같은 곳이 좋겠지요. C에게 이야기해주었더니 다음에 올 때 해보고 싶다고 말했습니다.

미나리나 쑥은 이 계절에 잘 볼 수 없지만, 이날은 쑥이 드문드문 자라 있어서 그 냄새도 맡아봤습니다. "경단 같은 냄새가 나요"라기에 "맞아, 경단으로도 만들 수 있지" 하고 알려주자 그것도 만들어보고 싶다고 말했습니다. 그런 다음 바위가 많은 곳에서 바위취 잎을 찾았습니다. "튀김으로 만들어 먹으면 맛있어"라고 했더니 뭔가 충격을 받았는지 말이 없어졌습니다. 이렇게 솜털이 잔뜩 돋아 있는 잎마저 따서 먹는 인간의 도전 정신에 놀랐는지도 모릅니다. 이날 본 동물은 들새 중 직박구리와 왜가리 정도였지만, 이 주변에서는 이따금 황금새, 딱새, 물총새, 바다직박구리, 할미

새, 제비, 오소리, 너구리, 사슴, 줄무늬뱀, 들쥐, 산토끼, 날
다람쥐 등이 모습을 드러낼 때도 있습니다.

이렇게 루차 리브로는 건물 안쪽만 도서관으로 여기지
않고 밭과 삼나무 숲, 밭에서 언덕을 내려가면 있는 강, 도
서관을 둘러싼 산과 들까지 모두 도서관 별채로 생각하고
있습니다. 특히 여름에는 도서관 안이 찌는 듯이 더워서 쾌
적한 독서 환경이라고 할 수 없기에, 강가로 내려가 강물에
발을 담그고 책을 읽으라고 권합니다. 겨울에는 한 방에 모
여 일부분만 난방을 하는 편이 효율적이어서 공간이 확 압
축됩니다. 이처럼 공간이 계절에 맞춰 늘었다 줄었다 하는
것도 저희 도서관의 특징입니다.

그러고 보니 예전에 어떤 손님이 도서관 문을 닫기 직전
에 몹시 만족스러운 얼굴로 제게 와서 "창밖으로 나무들이
보이고 알전구 불빛이 빛나는 이런 환경에서 에도가와 란
포˙를 읽었더니, 책 속으로 빨려들어갈 듯이 독서하고는 했
던 어린 시절로 되돌아갈 수 있었어요" 하고 말했습니다. 또
다른 손님이 "눈 내린 날, 열람실 창 가득히 펼쳐진 설경을
보면서 이즈미 교카˙˙의 『초롱불 노래』나 『눈썹을 가린 유
령』을 읽으면 너무 딱이어서 무서울 정도겠어요" 하고 말한
적도 있습니다(산 입구에 앉아서 역시 이즈미 교카의 『고야산 스님』을

읽어도 좋을 것 같습니다. 소설처럼 거미가 내려오면 곤란하겠지만요).

히가시요시노로 옮겨와 살면서 저항하기 힘들 만큼 압도적인 자연에 직면한 저희는, 일찌감치 자연과 싸우는 것을 포기하고 오히려 그 속에 섞여 일부가 되기를 선택했습니다. 그 결과인지 모르겠지만, 루차 리브로 별채는 풍성한 표정으로 책 속 세계를 한층 더 생생하게 만들어주고 보다 깊게 읽고 배울 수 있는 환경을 제공해줍니다. 저희는 산에 맞서는 것은 포기했지만 이곳에서 풀과 나무, 새, 동물과 함께 살아가며 읽고 배우는 것은 포기하지 않았습니다. 여기에는 강물의 흐름에 몸을 맡기듯이 자연을 받아들이는 자세와 C가 놀라서 눈을 동그랗게 뜬 인간의 도전 정신, 즉 포기한 끝에서 포기하지 않는 태도가 나란히 놓여 있습니다. 이런 삶의 방식도 루차 리브로의 실험 중 하나입니다. 지금 저희는 정복도 항복도 아닌, 자연과 마주하는 방법의 도달점을 찾아가는 과정의 한가운데에 있습니다.

●　일본 추리소설의 아버지로 미국 작가 '에드거 앨런 포'에서 필명을 따왔다.
●●　일본 환상문학의 대가.

필통을 활짝 열면

　문화인류학자 쓰지 신이치의 『슬로 이즈 뷰티풀』을 읽었을 때의 일입니다. '슬로', 즉 느림을 키워드 삼아 음식과 거주지, 노동과 여가, 과학기술, 신체, 문화에 이르기까지 다방면에서 질문을 던지는 이 책을 저자의 매력적인 시선에 가슴 두근거리며 읽어나가다가, 어느 한 구절에 강하게 마음이 끌려 몇 번이나 그 부분을 따라 쓰면서 상상의 나래를 펼쳐나갔습니다. 그 구절은 프랑스 라르자크 지방의 몽트레동이라는 마을에 사는, 프랑스를 대표하는 유명한 블루치즈 '로크포르'의 생산자이자 트랙터로 건설 중인 맥도널드 건물을 파괴해 체포당한 반핵·환경운동가 조제 보베에 관한 이야기 중 그가 사는 마을에서 일주일에 한 번 열리는 시장에 대한 부분이었습니다.

……이러한 사태에 대해 취재한 도넬라 메도즈와 할 해밀턴
은 보베가 사는 마을을 방문해 다음과 같은 주목할 만한 사
항을 보고했다. 불과 예닐곱 가구가 사는 이 작은 마을에서
는 일주일에 한 번씩 시장이 열리는데, 인근 동네에서 많은
사람들이 저마다 농산물이나 공예품을 가지고 모여든다. 사
람들은 각자가 가져온 음식과 와인으로 함께 요리하고 먹고
마시면서 노래를 부른다. 연극 공연도 펼쳐진다. 여기에는
생산자와 소비자의 구분이 없다. 하나의 공동체가 있을 뿐
이다.

쓰지 신이치, 『슬로 이즈 뷰티풀』

이 대목을 읽었을 때 마침 플리마켓 같은 마을 장터 운영
에 가끔 참여하던 중이어서, '이런 시장을 만들 수 있다면
좋겠는걸' 하고 소박하게 동경했습니다. 하지만 이 이야기
를 다른 사람에게 했더니 "뭐? 그럼 장터에서 돈으로 물건
값을 치르는 게 아니라 물물교환을 허용하겠다는 거야?"라
고 했습니다. 어쩐지 현실적인 방법은 아닌 듯했고, 또 그것
만으로는 뭔가 부족한 기분도 들었습니다. 결국 그 시점에

서는 저희가 놓인 환경과 문화 속에서 구체적으로 어떻게 하면 그런 시장을 실현시킬 수 있을지 알지 못한 채로 어느새 장터 운영에서도 멀어졌습니다.

몇 년 뒤에 문득 생각이 나서 이 책을 집어 들고 이 구절을 다시 읽었을 때, 장터라는 형태는 아니지만 루차 리브로가 조제 보베의 마을 시장처럼 되어 있다는 것을 깨달았습니다. 저희는 일상 속 생각을 '오므라이스 라디오'라는 인터넷 라디오로 방송하거나 책으로 쓰는 것 외에도 저희가 읽어온 책을 도서관에서 대출하는 생활의 나눔을 실천하고 있습니다. 이는 단순히 수확물이 너무 많아서 나눠주고 싶다는 것과 비슷한 느낌이며, 저희 나름의 방식으로 사회와 지속적인 관계를 맺어나가고자 하는 마음의 표현이기도 했습니다.

그런데 언제부터인가 라디오 청취자들이나 도서관에 오는 사람들이 매우 다양한 방식으로 저희에게 무언가를 되돌려줍니다. 시를 지어서 보내주고, 수확한 야채를 가져다주고, 루차 리브로의 간판을 만들어주고, 시간을 함께 보내주고, 길에서 주운 소형 라디오를 가져와주고, 내밀한 이야기를 들려주고, 청소를 도와주고, 자신의 전문 지식을 바탕으로 이야기를 해주는 등 실로 다채로운 방식의 답례를 날마다 받고 있는 기분입니다. 이는 조제 보베의 마을 시장에서 생산자와 소비자의 구분 없이 각자가 수확하고 만들고 생각한 것이 순환되는 모습과 닮은 데가 있는 듯합니다.

그렇다면 의도하지 않았음에도 불구하고 어째서 이런 순환이 생겨난 걸까요. 이와 관련 있어 보이는 기억이 하나 떠오릅니다. 처음으로 취직해 가나자와에 살면서 대학도서관에서 일하던 때였습니다. 도서관 카운터에 앉아 있는데, 학생 하나가 "볼펜 좀 빌려주세요" 하고 말을 걸었습니다. 공교롭게도 그때 카운터의 연필꽂이에는 매직펜과 샤프밖에 없어서 제 필통에서 볼펜을 꺼내 건네려고 했습니다. 하지만 학생은 "개인 물건을 빌리는 건 좀······" 하며 뒤로 물러났고, 볼펜을 받아 들지 않았습니다. 똑같은 것이어도 그 볼펜이 카운터의 연필꽂이에 꽂혀 있었다면 분명 학생은 기꺼이 썼을 것입니다.

이 일은 왠지 모르게 제 마음에 계속 남아 있었습니다. 서비스라면 기꺼이 받을 수 있지만 일시적인 나눔에는 뒷걸음질을 치는 건, 우리 사회에 깊이 뿌리내린 '남에게 폐를 끼치지 말자'는 생각과도 무관하지 않겠지요. '폐를 끼치지 말자'의 정도가 심해져서 서비스나 계약을 통하지 않으면 타자와 관계를 맺지 못할 정도의 강박관념이 잠재의식에 깔려버렸고, 그것이 고작 볼펜 한 자루를 빌리는 손조차 도로 물리게 만들었는지도 모릅니다.

하지만 서비스나 계약으로만 이어지는 관계에서는 앞서 말한 시장이 열리지 못할 것입니다. 그렇게 생각해보면 루차 리브로의 활동은, 필통의 뚜껑을 열고 모두가 마음껏 그 속에 든 필기구를 빌려가게끔 만들어둔 것이 아닐까요. 필통을 활짝 열고 사적인 영역으로 다른 사람을 끌어들여 서비스나 계약 이외의 방식으로 관계 맺기를 제안해본 것이지요. 단, 이는 계산해서 한 행동이 아니라 제대로 된 연필꽂이를 사놓지 못했기 때문에 그리된 것뿐일지도 모릅니다.

필통을 활짝 열어두는 것은 그 안에 있는 갖가지 필기구를 다른 사람이 사용하도록 허용하는 동시에, 거기에 부족한 물품이 무엇인지를 고백하는 일이기도 했습니다. 루차 리브로의 활동 중 가령 책 관리 일손이 부족해서 힘들거나 정원수 가지를 어떻게 치는지 모르는 등의 문제가 생기면, 저희는 라디오에서 그 이야기를 하거나 SNS로 도와줄 사람을 모집합니다. 저희가 못하는 것, 저희에게 없는 것이 무엇인지 되도록 솔직하게 열어 보입니다. 그러자 누군가가 책 관리를 도와주러 달려와줘서 점심과 간식을 함께 먹기도 했고, "예전에 정원사 아르바이트를 했는데요" 하며 정원수

가지치는 방법을 가르쳐주는 사람이나 원예 가위를 보내주는 사람도 나타났습니다.

이렇게 돌아보니 조제 보베의 마을 시장 같은 순환이 루차 리브로에 생겨난 계기는 저희의 '할 수 없음'에 있었던 것 같습니다. 또 그 '할 수 없음'을 모두에게 공개한 것이 오히려 윤활유가 되어주는 듯합니다. 『슬로 이즈 뷰티풀』의 저자 쓰지 신이치가 슬로, 즉 느림을 '속도 부족'으로 치부해버리지 않고 거기서 가능성을 발견했듯이, '할 수 없음'에서 시작되는 순환이 사회 여기저기에서 생겨나는 모습을 그려봅니다.

숲에서 나온 사람들

가끔 인터뷰 같은 데서 "도서관에는 어떤 손님이 오시나요?"라는 질문을 받으면, 저는 이용자의 정보를 보호할 수 있는 범위 안에서 답변하고는 합니다. 하지만 그럴 때 제가 진짜 하고 싶은 대답은 이것입니다.

"숲에서 나온 사람들이에요."

학창 시절 저는 옷장 속에 책장을 숨겨뒀지만, 동시에 '누군가와 책 이야기를 하고 싶다'는 상반된 소망도 품고 있었습니다. 그러나 제 마음속에 그리는 상대가 이 세상에 쉽게 나타날 리 없겠거니 하며 단념하고 있었습니다. 그런데 시간이 지나 사설 도서관을 열어보니, 제가 만나고 싶었고 이야기를 나누고 싶었던 사람들이 연신 도서관에 왔습니다.

"지금까지 어디 있었어요? 숲속?" 하고 흥분해서 묻고 싶어질 정도로, 그들은 제가 마음속에 그렸던 상대와 흡사합니다. 인구가 급격히 줄어들고 있는 산골에 사는데도 도시에 살 때보다 만남이 더 많다고 여겨질 정도입니다.

저희 도서관의 당당한 단골 H 씨와 첫 만남이 언제였고 어떤 느낌이었는지 정확히는 기억나지 않습니다. 하지만 분명 첫 겨울 휴관이 끝난 후에 찾아와주었던 것 같습니다. 툇마루 쪽 입구로 들어오는 H 씨를 보고 '세련된 분이 오셨네' 하고 생각했던 것도 어렴풋이 기억납니다. H 씨는 당시 편도 1시간쯤 들여가며 이 산골짜기 도서관을 찾아와준 이유를 묻자 "궁금하니까요"라고 대답했습니다. H 씨가 오는 날은 대체로 도서관이 붐비기 때문에 저는 그를 '복의 신'으로 여깁니다. 그렇게 말하면 정작 본인은 "휴일에 오니까 그렇지요"라고 대꾸하지만, 오는 사람 없이 고요한 휴일도 있습니다.

H 씨와 저는 메이지, 다이쇼, 쇼와 시대를 모두 살았던 소설가 오카모토 기도를 좋아한다는 공통점이 있습니다. 제가 중학생 때부터 읽어온 낡은 문고본 『그림자를 밟힌 여자』를 비롯한 기도의 기담과 괴담을 서가의 숲에 숨겨두었는데, 그것을 발견해준 사람이 H 씨였습니다. 원래 저희 도

서관에는 오카모토 기도 환상소설집 시리즈 중 1권 『다마모노마에*』밖에 없었는데, 이후 H 씨가 속편을 가져다주거나 루차 리브로 장서 가이드에 글을 써주는 등 개관 당시에는 생각지도 못했던 기쁜 인연이 이어지고 있습니다. 얼마 전에는 H 씨가 "오카야마현에 있는 쇼오미술문학관이라는 곳에서 오카모토 기도 탄생 150주년 기념전이 열리고 있어요"라고 알려주어서 고속버스와 기차를 갈아타고 전시를 보고 왔습니다. 저희 도서관에 슌요도**에서 나온 오카모토 기도의 희곡 시리즈 중 일부가 있기는 하지만, 헌책방에서 찾아보거나 따로 조사를 해봐도 전권이 어떤 모습인지 파악하기가 힘들었습니다. 그 희곡 시리즈가 이번 전시에 전부 모여 있으며 모든 장정이 훌륭했다고 H 씨가 말해서, 어쨌거나 그 시리즈만은 보고 싶다는 마음으로 10년 만인지 15년 만인지, 아무튼 오랜만에 혼자 여행을 떠날 수 있었습니다.

저를 혼자 여행하게 만든 손님이 또 한 명 있습니다. 간토 지방에 살면서 서고가 있는 카페를 운영하는 K 씨입니다. K 씨는 저와 남편의 첫 공저 『피안의 도서관: 우리가 한 '이주'의 형태』를 읽고 오므라이스 라디오를 듣기 시작하여 지금은 열혈 청취자가 되었습니다. 여러 우연이 겹쳐서 연락을 나누며 지내게 되었고, 정신 차리고 보니 '행사 논의'라고 칭하면서 긴 메일을 주고받고 있었습니다. 둘 다 '인간으로 변신해 인간처럼 행동하고 있지만 사실은 동물'이라는 자못 숲속 생명체 같은 자기 인식을 가지고 있는 탓에, 평소 느끼는 속마음까지 어느새 공유하게 되었습니다. 지난 2년 사이에는 K 씨의 가게에서 소규모 모임과 오므라이스 라디오 공개 녹음을 진행하기도 했습니다. 그전에는 K 씨가 사는 지역에 가본 적이 없었는데, 긴테쓰전철과 신칸센을 갈아타며 혼자 다니다 보니 이제는 그곳이 완전히 친숙해져 마치 그 지역에 불빛이 켜진 듯한 느낌입니다.

또 지난번에는 K 씨가 멀리서 루차 리브로까지 찾아와주었습니다. 저희 도서관으로 향하는 버스를 탔을 때 "아, 저곳은 오므라이스 라디오에 나온 화과자 가게 니시쇼와도네요", "저기는 방송을 자주 녹음하시는 편의점 주차장에 있는 주변 사적 안내판 앞이군요" 하며 방송에서 언급했던 곳을 그야말로 빠짐없이 알아봐주어서, K 씨가 얼마나 열성적인 청취자인지 다시금 확인했습니다. 루차 리브로에서 많은 이야기를 나눈 뒤 히가시요시노를 만끽할 수 있도록 동네 게스트하우스를 소개해주었고, 저도 함께 묵으며 밤새 수다를 떨었습니다.

이처럼 '숲에서 나온 사람들'과의 관계는 천천히, 그러나 선명하게 넓어지고 또 깊어져갑니다. 이에 대해 생각할 때면 레이 브래드버리의 『화씨 451』이 떠오릅니다. 책이 금지품이 되어 발견 즉시 소각당하는 세계에서 주인공 몬태그는 책을 찾아 불태우는 '방화수'로 일합니다. 하지만 어느 날을 기점으로 몬태그는 자신의 일에 의문을 품고, 그때부터 그의 운명은 바뀌기 시작합니다. 이야기가 끝날 무렵 그는 숲에 도착합니다. 그곳에서는 책을 원하는 사람들이 어딘가에서 모여들어 구절을 분담해 책을 암송하고 있었습니다. 저는 이 광경을 루차 리브로의 활동을 통해 이어진 인연들에 멋대로 겹쳐봅니다. 숲에서 나온 듯한 사람들이 다시 숲에 모여 함께 생각하기 시작합니다. 그런 흐름이, 숲에 저장된 물이 흘러내려 이윽고 작은 시내를 이루는 것처럼 조금씩 만들어지고 있습니다.

•   헤이안 시대 말기 도바 천황의 애첩이었다고 전해지는 전설 속 인물.

•• 에도가와 란포, 다네다 산토카 등 메이지 시대 문인들의 작품을 다수 출간한 전통 있는 일본 출판사.

깊고 풍요로운 숲으로의 초대

　책장에서 책을 한 권 고르는 것은 신기한 행위라는 생각이 듭니다. 다른 물건을 고르는 경우에는 하나를 집어 들면 나머지는 선택에서 제외되는 셈이지만, 책은 조금 다른 느낌입니다. 책장에서 책 한 권을 고르면 그 책과 관련된 다른 책을 또 읽고 싶어집니다. 제가 알지 못하는 것, 이해하지 못하는 것이 줄줄이 떠올라 옆의 책도, 또 그 옆의 책도 집어 들어 읽고 싶어집니다. 책이라는 물건 자체가 숙명적으로 횡단성과 연속성을 품고 있다고 말할 수 있을지도 모릅니다.

　'살아가기 위한 판타지 모임'에서도 바로 그런 일이 일어났습니다. 지난번 모임의 과제 도서는 2022년에 출간된 사이토 린의 『초승달의 아이들』이었습니다. 그 전 모임에서는 필리파 피어스의 시대를 뛰어넘는 판타지 명작 『한밤중 톰의 정원에서』를 읽었는데, 그때 '주인공 톰이 사는 시대에는 오래된 것의 흔적이 아직 남아 있어서 그것을 실마리 삼아 다른 세계의 입구를 발견하는데, 현대의 아이들은 그런 입구를 어떻게 발견해야 할까?' 하는 의문이 생겨서 『초승달의 아이들』을 읽기로 했습니다.

『초승달의 아이들』은 초등학교의 일상과 답답한 현실을 상징하는 듯한 꿈속 감옥 트로이가르트를 오가는 아이들이 출구를 찾는 이야기입니다. 감옥에서는 매일 간수가 사형수들에게 "너는 죽는다" 하고 외치고, 그러면 사형수들이 "나는 죽는다"라고 대답하는 것이 관례입니다. 하지만 이 호령에 "나는 죽지 않는다" 하고 응수하는 소녀가 나타나 이야기는 다른 방향으로 나아갑니다. 『초승달의 아이들』에 대해 이야기를 나누다 보니 웰스 게이코의 『타는 태양 아래서 우리는 노래했네』와 이리나 그리고레의 『다정한 지옥』처럼 언뜻 관계없어 보이는 책들의 제목이 뿌리를 타고 튀어나왔습니다.

『타는 태양 아래서 우리는 노래했네』에는 말로 하는 흑인들의 저항운동에 관한 대목이 있는데, "나는 죽지 않는다"

라고 먼저 말로 선언하는 소녀의 이야기와 연관 지어 누군가가 이 대목에 대해 말했습니다. 한편 『다정한 지옥』은 사회주의 정권하의 루마니아에서 태어난 인류학자인 저자의 자전적 에세이입니다. 저자의 딸이 단테의 『신곡』에 나오는 지옥에 대해 듣고 "하지만 지금은 다정한 지옥도 있어. 좋아하는 물건을 살 수 있고 좋아하는 음식도 먹을 수 있어"라고 말했다는데, 모임에서는 "학대받는 것은 아니지만 아무 생각 없이 늘어져서 지내는 사이에 죽음이 찾아오는 트로이가르트의 생활과 비슷한 데가 있다"는 이야기가 나왔습니다. 두 책 모두 읽어보고 싶어져서 '앞으로 읽을 책 리스트'에 넣어두었습니다. 이런 식으로 책과 책이 서로 뿌리를 얽듯이 슬금슬금 하나로 이어집니다.

도서관에서는 책을 선택해 서가를 구성하는 일을 '장서 구축' 혹은 '컬렉션 구축'이라고 합니다. 저는 이 표현이 어쩐지 마음에 듭니다. 지식이 흙에서 싹을 틔우고 점점 힘차게 자라나 서로 뿌리를 얽으며 가지와 잎을 펼쳐나가는 나무와 숲의 이미지가 떠오르기 때문인지도 모릅니다. 뿌리는 때로 협력하고 양보하며, 서로 경쟁하면서도 풍부한 물과 양분을 함께 품습니다. 그렇게 지켜진 물과 양분을 저희가 나눠 받습니다. 이런 이미지는 제 안에서 도표로 나타낸 시소러스(thesaurus, 체계를 이룬 검색어)나 사이테이션 맵(citation map, 논문의 인용과 피인용 관계를 도식으로 나타낸 것)과도 이어집니다. 도서관 서고에 발을 들여놓는 느낌은 숲속으로 들어가는 느낌과 비슷할지도 모릅니다.

사실 이 숲은 제가 서 있는 입구에서는 전체의 모습이 한눈에 들어오지 않을 만큼 거대합니다. 도서관에서 장서를 구축할 때는 머릿속 어딘가에 '공동 보존'이라는 의식이 깔려 있기 때문입니다. 한 도서관의 장서 구축뿐만 아니라 '이 시리즈는 이 부근에서 우리 도서관에만 있으니까 처분하지 말자'라거나 '그 책은 ○○ 도서관에 있으니까 읽고 싶다는 사람이 나타나면 그쪽으로 안내하자'는 식으로, 도서관 전체라는 광대한 숲을 상정해 뿌리를 뻗고 가지와 잎을 펼칩니다. 숲속 생태계를 떠올리면 이해하기 쉬울지도 모릅니다. 저희 도서관에 장서가 빠짐없이 갖추어져 있는지보다 '전체적으로 봤을 때 어딘가에는 소장되어 있다'는 데 중점을 두는 것입니다. 그것이 설령 외국 도서관이라 해도 느낌은 크게 달라지지 않습니다. 도서관과 도서관은 연결되어 있으니까요. 지금은 사설 도서관을 운영하고 있으니 시스템상 다른 도서관과 연결되어 있지는 않지만, 장서를 구축할 때면 다른 도서관에서 어떤 책을 소장하고 있는지 의식합니다.

또 저는 숲을 걷는 방법을 어느 정도 알고 있기에, 누군가가 광대한 숲으로 들어갈 때 안내인이 될 수도 있을 겁니다. 그 숲은 넓고 깊고 풍요롭습니다. 지식과 숲에 대해 생각하면 아리스토텔레스가 세운 '리케이온Lykeion'이 떠오릅니다. 리케이온은 기원전 4세기에 설립된 아리스토텔레스의 학원인데, 마케도니아 출신 권력자의 후원을 받아 아테네 외곽 숲속에 지어졌습니다. 학원생이 아닌 일반 시민을 대상으로 한 강좌도 개설되는 등 열린 공간이었다고 합니다. 게다가 아리스토텔레스의 지시로 학생들은 각지에서 방대한 자료를 수집했다고 전해집니다. 당연히 리케이온만큼은 아니겠지만, 루차 리브로가 나무들 속에 외따로 서 있는 것은 왠지 필연처럼 느껴집니다.

그렇게 생각하면 저희 도서관에 오는 사람들은 자기 숲의 동굴에서 나와 책과 책이 뿌리를 서로 얽는 지식의 숲으로 새롭게 들어가고 있는 것일까요? 깊고도 광대한 숲으로 들어가는 모습은 다부지면서도 결의에 차 있고, 그래서 제가 마음을 빼앗기는 것인지도 모릅니다.

갈근탕 사서의 책 처방전

　'갈근탕 의사'라는 말이 있습니다. 환자가 어떤 증상을 호소하든 일단 갈근탕을 처방하는 돌팔이 의사를 일컫는 말로, 일본에서는 전통 예능 라쿠고(만담)의 소재로도 쓰입니다. 핫짱과 구마 씨'가 동네 병원에 찾아가 "선생님, 머리가 아파요"라고 하면, 의사가 "그거 큰일이군요. 두통이면 갈근탕을 드세요"라고 대답합니다. "선생님, 배가 아파요"라고 해도 "복통이요? 그러면 갈근탕을 드셔야죠"라는 식으로 갈근탕만 처방하는 것입니다. 우스운 이야기의 소재로 쓰이기는 했지만 갈근탕은 사실 폭넓은 효능을 지니고 있어서, '갈근탕 의사'가 의외로 정확하게 처방해준 것이 아니냐는 시각도 있습니다. 실은 저에게도 갈근탕처럼 폭넓게

권할 수 있는 책이 있습니다. 책 추천을 부탁받을 때나 다소 지쳐 있는 사람에게 해줄 말을 찾을 때면 무심코 손이 가는 책입니다(제가 돌팔이 갈근탕 사서라는 점은 일단 접어두고요).

먼저 사토 다카코의 『말해도 말해도』입니다. 이제 막 라쿠고가家가 된 곤자쿠테이 미쓰바는 세끼 밥보다 라쿠고를 더 좋아하지만 실력이 좀처럼 늘지 않습니다. 그런 미쓰바에게 라쿠고를 가르쳐달라며 모여드는 것은 어딘가 좀 이상한 사람들뿐입니다. 말을 더듬는 것이 고민인 사촌동생 료, 실연의 상처가 아물지 않은 도카와, 사투리를 고치지 않아 반에서 따돌림을 당하는 초등학생 무라바야시, 야구 해설이 서툰 선수 출신 해설가 유가와라. 라쿠고 연습을 통해 이들의 인생이 조금씩 바뀌기 시작하고, 미쓰바 자신도 성장해나가는 마음 따뜻해지는 이야기입니다.

또 니시오 가쓰히코의 『걸으면서 시작되는 일』이라는 책도 있습니다. 단어가 반짝이는 글 가운데 「작은 전철」이라는 시와 「사람」이라는 짧은 에세이가 있습니다. 두 친구가 각각 이와쿠라와 고베에 입원해서 병문안을 갔을 때의 일이 묘사되어 있습니다. 「작은 전철」 중 "이 세상에서/ 헤아릴 수 없는 악의를 뒤집어쓰고/ 삶의 의지를 잃은 지인에게 건넬 수 있는 말은/ 어디에도 없다"는 구절과 「사람」에서

"나한테는 마음이 병든 사람이 병자로 보이지 않는다. 그런 사람들이야말로 평범해 보인다"는 구절에 마음이 울컥합니다. 처음 이 문장을 접한 곳은 근처 역 구내였는데, 말로 표현할 수 없는 감정이 솟구쳐서 표정을 숨기기가 힘들었습니다.

저의 갈근탕 중에는 만화도 있습니다. 마치다 요의 「센바 센터빌딩 만화」입니다. 이 작품은 단행본으로 출간되지 않았기 때문에, 추천할 일이 있으면 연재 중인 사이트를 소개합니다. 신체적 고통으로 우울증을 앓는 작가에게 오사카 센바센터빌딩의 홍보 만화 의뢰가 들어옵니다. 작가가 "저한테는 홍보 만화를 맡기에 치명적인 문제가 있습니다. 그때그때 그리고 싶은 것만 그릴 수 있거든요. 참고로 요즘 그리고 싶은 주제는 우울증이고요"라고 하자 "네, 그러면 그 주제로 그려주세요" 하는 답신이 와서 황당해하는 장면부터 이야기가 시작됩니다. 이것이 가슴을 울리는 전개로 이어지리라고는 예상조차 할 수 없는 시작입니다.

제가 갈근탕으로 여기는 세 작품을 늘어놓고 보니 공통점이 눈에 띕니다. 할 수 없는 것, 즉 불가능성으로부터 이야기가 시작된다는 점입니다. 『말해도 말해도』는 무언가 못하는 게 있는 사람들이 주인공 미쓰바에게 와서 라쿠고를

082

배우면서 시작되는 이야기이고, 애초에 그 출발점에는 미쓰바 자신이 라쿠고 전문가로서 껍질을 깨고 나오지 못해 슬럼프를 겪는 중이라는 상황이 있습니다. 『걸으면서 시작되는 일』에서 소개한 두 글에서도 작가가 마음이 병들지 않은 채로는 이 세상을 살아가지 못하는 친구들로부터 연락을 받고 전철을 탑니다. 또 「센바센터빌딩 만화」에서는 "그때그때 그리고 싶은 것만 그릴 수 있거든요" 하고 의뢰를 거절함으로써 작가가 자신의 우울증을 센바센터빌딩에 겹치는, 신기하게도 마음을 사로잡는 홍보 만화가 전개됩니다.

루차 리브로의 서가에는 이런 책들이 꽂혀 있습니다. 도서관에 온 사람들이 이런 서가를 둘러보고 나서 고민거리나 힘든 점을 조금씩 이야기해줄 때가 있습니다. 서가에 '할 수 있는 것'이나 '무한히 펼쳐지는 가능성'에서 시작되는 이야기만 가득했다면 그런 말은 입 밖으로 나오지 못했을지도 모릅니다. 불가능성에서 출발하는 책이 꽂혀 있는 서가가 조그만 목소리로 말을 걸기 때문에, 그들도 이야기를 시작할 수 있는 것이 아닐까요. 그리고 그들이 저에게 털어놓는 고민거리나 힘든 점 역시 '도무지 할 수 없는 것'입니다. 자신의 몸과 시간을 지금의 일에 모조리 바치는 건 납득할 수 없다거나, 수업 속도를 따라갈 수 없다거나, 구직 활동에 의

문을 느껴서 아무것도 못하고 있다거나 하는 것이지요. 그들 대부분은 그런 일이 어렵거나 뜻대로 되지 않아서 힘들다고 말합니다. 하지만 그런 이야기를 소리 내어 했다면, 그 다음에는 제가 추천하는 갈근탕 책을 읽어보길 바랍니다. 이 세상에는 불가능성으로부터 시작되는 이야기가 존재하고, 그것은 매우 풍부하고도 본질적인 의미를 품고 있습니다. 지금 루차 리브로의 서가는 '할 수 없는 것에 대해 이야기해도 좋아'라는 메시지를 전하고 있는지도 모릅니다. 그 것이 더 나아가 '할 수 없는 것이야말로 시작이야'라는 메시지가 되어 할 수 없는 것을 즐겁고 당당하게 이야기할 수 있게 되면 더욱 좋지 않을까요. 그러려면 서가에서 배어 나온 갈근탕의 효능이 사회 전체로 퍼져나가 언제든 할 수 없는 것부터 이야기를 시작해도 된다고, 불가능성에 가능성이 숨어 있다고 느낄 수 있는 환경을 만들어야 합니다. 이를 위해 오늘도 서가에 '할 수 없는 것에서 시작되는 이야기'를 살며시 꽂아두고 필요한 누군가에게 건넵니다. 서가에서 멀리멀리 퍼져나갈 효능을 상상하면서.

---

*   라쿠고에 자주 등장하는 캐릭터로, 서민을 대표하는 이름이다.

내면의 자연을 지나
도서관으로 오는 길

　맑은 물이 흐르는 강과 풍요로운 산 사이에 자리 잡은 오래된 집에서 사설 도서관 루차 리브로를 운영한 지도 7년쯤 되었습니다. 이곳에 사는 동안, 강물의 흐름이나 폭풍을 막을 수 없는 것처럼 인간의 내면에도 제어할 수 없는 부분이 있다는 사실을 깨달았습니다. 평소에도 통제 불가능한 자연 속에서 생활하다 보니, 저는 인간에게서 제어할 수 없는 부분 또한 일종의 자연이라고 생각해 '내면의 자연'이라고 이름 붙였습니다. 마음속에서 태풍이 휘몰아치는 상태인데, 정도가 심해지면 병이나 장애라는 이름이 붙겠지요. 침착해지려고 애를 써도 마음이 흐트러지거나 까닭 없이 눈물이 멈추지 않는 것은 '내면의 자연'이 작용하기 때문이며,

이것은 인간 안의 사회화되지 않은 부분이라고 봅니다.

요즘은 7년 전 저처럼 사회 속에서 살아가는 데 지쳐버린 사람들이 다리를 건너 도서관에 올 때가 있습니다. 시간을 들여 이야기를 나눠보면, 이들은 내면의 자연을 마음에 품고 있고 바로 그렇기 때문에 괴로워하고 있다고 느껴집니다.

얼마 전에 읽은 책 『버려지는 '생명'을 생각한다: 교토 ALS 촉탁살인*과 인공호흡기 트리아지**로부터』에, 현대는 "존재하는 것 자체에 부정적인 메시지가 쉽게 날아드는 사회"라고 지적하는 구절이 있었습니다. 그런 사회에 지친 사람이 찾아오는 곳이 내면의 자연과 공명하는 풍요로운 자연으로 둘러싸인 이곳이라는 사실이 필연처럼 여겨집니다. 그와 동시에 이곳이 도서관이라는 사실에도 큰 의미를 느낍니다. 도서관 서가에 꽂힌 책에는 누군가의 내면의 자연이 담겨 있습니다. 그리고 그 책을 펼치는 사람은 자기 내면의 자연과도 마주하게 된다고 생각합니다. 사람들이 산속 도서관을 찾아오는 것은 그런 시간을 바라기 때문인지도 모릅니다.

루차 리브로에 오려면 우선 작은 강에 놓인 돌다리를 건너야 합니다. 추운 겨울이면 눈이 오지 않아도 다리 표면이 얼어붙는 경우가 종종 있습니다. 겨울에 저희 도서관에 오는 사람들은 서리가 내려 반짝반짝 빛나는 얼음 다리를 조심조심 건너옵니다.

계절이 돌아와 가을이 되면 다리를 건너 오른쪽에 있는 광장이 온통 은행나무로 뒤덮여 겨울과는 또 다른 표정을 보여줍니다. 잎사귀의 반짝이는 황금빛과 은행 열매도 한동안 즐길 수 있습니다. 광장 구석에는 과거 유신 지사가 거기서 목숨을 잃고 매장되었다는 사적이 있습니다. 이끼 낀 땅 위에는 커다란 바위가 있습니다. 유골은 근처의 절로 이장되어 지금은 없지만, 생을 마감한 장소가 그곳이어서 많은 사람들이 찾아옵니다.

광장 반대편, 삼나무와 편백나무 숲을 지나면 들판의 꽃들이 발걸음을 붙듭니다. 쌍동꽃대에 고추나무 꽃, 이질풀 꽃까지 종류도 다양합니다. 꽃은 터져 나온 생명력을 그대로 형태로 만든 것 같아서, 어디서 피든 간에 시선을 사로잡고 때로는 우리를 압도합니다. 문득 '화택火宅'이라는 단어가 머릿속을 스칩니다. '번뇌에 불타는 현세'라는 뜻인데, 산다는 것은 불타서 폭발하는 것과 같은 상태가 아닐까 하는 생각이 듭니다. 저도 발작적으로 마음이 폭발할 때가 있는데, 불타는 듯한 고통과 함께 '나는 아직 살아 있구나' 하고 느낍니다. 사회 속에서의 '선악'과는 관계없이, 살아가는 것에는 엄청난 에너지가 수반된다는 사실을 깨닫습니다.

들판의 비탈을 내려가면 강변에 이릅니다. 강물의 흐름과 자갈에는 시간이 담겨 있습니다. 그 시간은 아마도 인간의 수명을 가볍게 뛰어넘을 터라서 그것들을 만지면 왠지 무척 안심이 됩니다. 각각을 감싸고 있는 아득한 시간을 상상하면 그 풍경을 몇 시간이고 바라보게 됩니다. 강변에서는 곤충이나 작은 동물이 일상적으로 죽음을 맞이하는 한편, 단단한 바위를 뚫고 솟아나는 나무와 물을 마시는 사슴의 유연한 모습도 볼 수 있습니다. 그런 식으로 강변에서 시간을 보내다 보면, 내면의 자연과 주위에 펼쳐진 자연의 경계가 희미해지면서 마음이 편안해지기도 합니다.

요즘에는 내면의 자연이 내는 목소리를 무시하지 못하는 것은 약해서가 아니라, 그런 작은 목소리를 감지하는 센서의 감도가 높아서가 아닐까라는 생각도 듭니다. 서리가 내린 다리를 조심조심 건너오는 사람들도 민감한 센서를 가지고 있어서 살아가기 힘든 게 아닌가 싶기도 합니다. 분주하게 돌아가는 사회의 소용돌이 속에 있었던 시절, 저는 제 내면의 자연에서 나오는 소리가 성가셔서 견딜 수 없었습니다. 일하러 가야 하는데 마음도 몸도 뜻대로 되지 않아 수

액을 맞고 겨우 출근하는 것이 일상이었고, '나는 약해. 강해지고 싶어' 하고 생각했습니다.

하지만 이곳에 온 뒤로는 그 센서가 주위의 자연과 관계를 맺는 것, 가령 약초를 발견하거나 날씨의 변화를 느끼고 예측하는 데 도움이 됩니다. 이곳의 약초, 동물, 나무는 "내면의 자연이 내는 가느다란 목소리에 귀를 더 기울여도 돼" 하고 말해줍니다. 그리고 사회 속에서는 성가시다고 느끼는 내면의 자연의 다른 측면을 우리에게 보여줌으로써, 파멸을 향해 직진하지 않도록 멈춰 세워주기도 합니다. 그것은 다리와 숲으로 둘러싸여 쉽게 접근할 수 없는 저희 도서관으로 오는 길 그 자체인지도 모릅니다.

• 　2019년 ALS(근위축성측삭경화증, 일명 루게릭병)를 앓던 환자의 부탁으로 의사가 거액의 보수를 받고 약물을 주입해 숨지게 한 사건.

•• 　triage. 치료의 우선순위를 결정하기 위해 환자를 분류하는 것.

규칙과 함께 살아가기

 소소한 용건으로 도쿄에 간 김에 앞으로 책이 있는 공간을 만들려는 사람들이 모인 곳을 방문했습니다. 이들은 얼마 전 루차 리브로를 찾아왔고, 그때 우리는 도서관을 어떻게 운영하는지에 관해 이야기를 나누었습니다. 책이 있는 공간을 만들 계획인데, 어떤 규칙으로 운영할지 고민인 듯했습니다.

 "루차 리브로에는 이용 규칙이 게시되어 있지 않더라고요. 그래도 다들 적당히 자리를 잡고 앉아서 각자 편안한 시간을 보내고 있는 게 좋아 보였어요."

 한 사람이 이렇게 말했습니다. 분명 저희 도서관에는 이용 규칙이 붙어 있지 않습니다. 이따금 "어떻게 해야 할지 모르겠으니 써서 붙여주세요" 하는 요청이 들어올 때도 있습니다. 홈페이지에는 올려두었으므로 보려고 마음먹으면 볼 수 있지만 도서관에 오는 모든 이들이 규칙을 알아둘 필요까지는 없다고 생각해서, 이를테면 대출을 원한다거나 대출 중인 도서를 예약하고 싶다는 식의 요청 사항이 생길 때면 설명해줍니다. 필요에 따라 규칙을 알려주기도 하고, 알려주지 않기도 합니다.

개관 초기에는 제 의도가 잘 전달되지 않아 오해가 생겨 트러블이 발생하기도 했고, 그럴 때면 이용 규칙을 붙여두고 싶기도 했습니다. 예를 들어 도서관 실내로 들어오려면 툇마루에 놓인 나무 계단을 이용해야 합니다. 계단을 올라올 때는 신발을 벗어주었으면 하는데, 이용 규칙을 붙여두지 않았으니 이따금 착오가 생깁니다(물론 손님에게는 전혀 죄가 없습니다). 이럴 때 '신발을 벗고 올라오세요'라고 써둘까 생각한 적도 있지만, 시간이 지날수록 그럴 필요성을 느끼지 못하게 되었습니다. 신발을 벗지 않고 올라오는 사람이 있으면 직접 말하면 되고, 계단은 닦으면 그만이니 딱히 곤란한 일이 아닙니다. 게다가 규칙이 세세하게 적혀 있어서 손님이 다른 생각은 하지 않아도 되는 상태보다 '여기는 어떤 곳일까?' 하며 안테나를 세우는 편이, 결과적으로 루차 리브로라는 장소와 친해지는 듯합니다. 또 먼저 와 있는 사람이 "그 계단으로 올라오시면 돼요. 아, 신발은 벗고요" 하고 일러주거나 누가 벗어둔 신발을 보고 나중에 온 사람이 따라하기도 해서, 규칙을 따로 써두지 않는 편이 대화나 그 외의 커뮤니케이션이 늘어나는 데 도움이 된다고 느꼈습니다. 방문한 사람들이 저마다 안테나를 세우고 서로의 존재를 느끼며 공간을 함께 만들어준 덕분에 '다들 적당히 자리를 잡고 앉아서 각자 편안한 시간을 보내고 있는' 상태가 되는지도 모릅니다.

또 이용 규칙을 게시하면 그 자체로 공간의 분위기가 바뀌어버리는 것도 걱정됩니다. 2023년 2월 20일자 〈도쿄신문〉에서 「왜 이렇게 되었나? '금지', '하지 마세요' 표지판이 24개나 있는 공원: 6년 전 개원 때는 0개였는데」라는 기사를 봤습니다. 도쿄도 네리마구의 한 공원이 문을 연 지 6년 만에 '미끄럼틀 판으로 뛰어 올라가지 마세요', '공원 내 오토바이 진입 금지'와 같은 금지 표지판으로 뒤덮였다는 내용이었습니다. 제가 가끔 가는 공중목욕탕에도 금지 사항이 적힌 표지판이 잔뜩 붙어 있습니다. '염색하지 마세요'부터 아이 동반 방문객이 주의해야 할 사항을 산더미처럼 적어둔 표지판까지 다양합니다. 그런 게시물을 보고 마음이 편한가 하면, 별로 그렇지 않습니다. 매너를 지키며 사용하고 있는 사람까지 갑갑해지지 않을까 합니다. 아이 동반 방문객도 그 공간을 느긋하게 즐기는 편이, 결과적으로 아이가 없는 사람까지 편안해지지 않을까요. 실제로 네리마구 공원 건은 금지 표지판으로 뒤덮인 공원의 풍경에 위화감을 느낀 동네 주민이 신문사에 제보해 기사화되었다고 합니다. 공원에 주의사항 표지판이 너무 많아서 들어가기도 망설여진다고 쓰여 있었습니다.

규칙을 게시하는 것은 관리의 측면에서는 장점도 있겠지만, 저희는 관리보다 공간을 함께하고 싶습니다. 규칙을 게시하느냐 마느냐 자체도 메시지가 되어 공간의 분위기를 결정한다면, 시간이나 수고가 더 들더라도 '함께하고 싶다'는 마음이 전해지는 환경을 만드는 데 중점을 두고 싶습니다.

이 글의 처음에 언급한 사람은 규칙 문제로 심사숙고 중인 듯했습니다. '그런 식으로 규칙을 설정하면 이런저런 사태는 방지할 수 있지만 원래 공간을 열고자 했던 방향으로는 나아가지 못한다'는 생각에 여러 고민을 거듭했습니다. 규칙에 대한 저의 생각을 그에게 단편적으로나마 말했는데, 잘 전해졌는지는 확신할 수 없었습니다.

그날 밤에는 도쿄 나카노부의 '옆 동네 커피'에서 남편과 함께 『1층 혁명: 사설 마을회관 '카페 런드리'와 마을 조성』의 저자 다나카 모토코 씨와 대담을 했습니다. 다나카 모토코 씨는 길에서 커피를 무료로 나눠주는 '취미'에서 착안해 '마이 퍼블릭(사설 공공시설)', 즉 필요한 공공시설은 직접 만든다는 아이디어를 낸 분으로 업무용 세탁기와 건조기를 두고 시작한 '카페 런드리'도 이 아이디어의 연장선상에 있습니다. 대담 도중 다나카 씨가 다음과 같은 취지의 말을 했습니다.

"저는 우리 가게의 직원 모두가 어떤 손님에게든 늘 같은 어조, 같은 분위기로 '어서 오세요'라고 인사하지 못해도 괜찮다고 생각해요."

그 말을 들은 순간, 저는 바로 이것이 낮에 나눈 규칙 이야기에 대한 답변이라고 생각했습니다. 그렇습니다. 다나카 씨는 다른 가게에서는 누구에게나 항상 같은 어조로 "어서 오세요" 하고 말하는 것이 당연시되고 있기 때문에, 오히려 '카페 런드리'에서는 그렇게 하지 않고 변화를 허용한다는 이야기를 이어서 했습니다. 이 내용은 그의 저서에도 있습니다.

직원들이 각자의 개성을 전면에 드러내며 일하기를 바라기에, 결국 나는 손님을 포기하게 만들기로 했다. 돈을 냈으니 이곳에서는 신처럼 굴 수 있다고 생각하는 것을. 우리의 모든 서비스가 완벽할 것이며 언제나 판으로 찍어낸 것처럼 일률적으로 빈틈없는 대접을 받을 수 있으리라고 기대하는 것을. ……나는 직원들에게 자주 이런 말을 한다. 우리 가게는 사람이 운영하는 곳이니까 흔들리는 게 당연해. 컨디션이 안 좋을 때도 당연히 있고, 손님이 지난번에 왔을 때와는 뭔가 다르다고 느끼는 경우도 있는 게 원래는 당연한 일이지.

다나카 모토코, 『1층 혁명: 사설 마을회관 '카페 런드리'와 마을 조성』

이는 공간의 규칙에 대해서도 할 수 있는 이야기가 아닐까요. '피하고 싶은 사태를 방지하고, 원래 생각했던 방향으로도 나아갈 수 있는' 완벽한 규칙을 준비해둘 필요는 없습니다. 규칙을 정하는 것도 활용하는 것도 그 규칙이 적용되는 공간에 모이는 것도 사람이므로, 서로 흔들리거나 변화가 있어도 괜찮습니다. 그런 흔들림을 받아들일 수 있는 공간에서야말로 뭔가 재미있는 일이 생겨나지 않을까요. 규칙에 대한 저의 생각을 이야기할 때 자신감을 가지고 이렇게 말했으면 좋았을걸 하고 아쉬움이 남았습니다. 하지만 다나카 씨의 책에는 이런 구절도 있습니다.

여기는 다른 곳과 다릅니다. 모쪼록 자유롭게 시간을 보내세요. 하고 싶은 것을 하세요. 당신답게 있으세요. 나는 분명 이렇게 생각하고 있긴 하지만, 이 문장을 그대로 써서 가게에 걸어두는 멋없는 짓은 하고 싶지 않다. 멋이 없다는 것만으로 커뮤니케이션의 가능성은 닫히고 만다.

같은 책

그러므로 역시 루차 리브로 관내에는 이용 규칙을 붙여두지 않을 것이고, "이런 식으로 규칙을 정하는 게 좋아요" 하고 조언하기보다 루차 리브로라는 공간이 운영되는 방식을 계속 보여주는 것이 최고라는, 원점으로 되돌아간 듯한 결론에 이르렀습니다.

우연과 소망

　별 생각 없이 집어든 책에서 생각지도 못한 자신과의 공통점을 발견하면 왠지 호감이 가고 기뻐지는 법입니다. 최근 무심코 책을 펼쳤는데 그것이 '사설 도서관을 만드는 이야기'이거나 '사설 도서관을 무대로 한 이야기'여서 흐뭇해진 적이 세 번 정도 있습니다.

　첫 번째는 유키 마사미의 『하얀 저녁 연대기』라는 만화책을 만났을 때입니다. 인터넷으로 3권까지 읽을 수 있어서 봤더니, 주인공의 파트너인 백발 소년 유키무라 가이가 놀랍게도 사설 도서관 사서였습니다. 이야기는 현대 일본을 무대로 펼쳐지는 SF인데, '오키나가'라는 불로불사의 존재와 나이를 먹는 인간들이 사회에 공존하고 있다는 설정입니다. 공존이라고는 해도 오키나가에 대한 뿌리 깊은 차별의 역사가 존재해서 양측의 관계는 늘 긴장감이 감도는 분위기로 묘사됩니다. 오키나가라는 가공의 존재를 통해 차별과 편견을 날카로운 시선으로 바라보는 작품이지요. 이 이야기에 등장하는 사설 도서관 '아제치 문고'는 오키나가가 되어버린 아제치 가문의 딸을 원래의 몸으로 되돌리기 위해 아버지가 전 세계의 문헌을 수집한 것이 그 시작이었습니다.

두 번째는 헌책 시장에서 장정에 반해 구입한 쓰카하라 겐지로의 아동문학서 『7층의 아이들』을 펼쳤을 때입니다. 이 책에 실린 단편 「시골로」는 요양을 위해 시골에 간 도시 소년 이치로가 그곳의 아이들과 함께 놀며 건강을 되찾아간다는 내용입니다. 건강을 되찾은 이치로는 도시로 돌아가면서 우정의 증거로 여러 책을 남겨둡니다. 시골 아이들은 그 책들로 물방앗간 구석에 어린이 도서관을 만들고, 이치로와 다시 만날 날을 손꼽아 기다립니다. 이야기는 그렇게 끝납니다. 제가 산 것은 복각판이지만 첫 출간이 1937년이었으니, 전쟁으로 향해가던 시국 속에서 먼 곳의 친구와 다시 만나고 싶다는 소망은 생각보다 훨씬 더 간절했을지도 모릅니다.

세 번째는 호시오 사나에의 『과자가게 골목 달빛장』을 펼쳤을 때입니다. 호시오 사나에는 야마토고리야마에서 '도혼'이라는 근사한 서점을 운영하는 스나가와 마사히로 씨가 알려준 작가입니다. 다른 서점에서 이 책을 발견하고 펼쳐봤더니, 놀랍게도 오래된 집을 고지도 도서관으로 만든다는 이야기였습니다. 집의 목소리가 들리는 신비로운 능력을 가진 도노 모리히토라는 청년이 주인공이라는 설정에도 매력을 느껴서 주저 없이 계산대로 가져갔습니다.

세 이야기의 공통점은 처음부터 사설 도서관을 만들기 위해 자료를 모으거나 장소를 마련한 것이 아니라는 점입니다. 세 번째 책 『과자가게 골목 달빛장』만 해도 도서관을 만들 만큼 고지도가 많았던 이유는, 자신이 자라난 동네가 변해가는 것을 보며 예전 모습을 기억하기 위해 고지도를 모아온 선대가 있었기 때문입니다. 루차 리브로도 원래부터 넘쳐났던 저희의 장서와 지금의 장소가 결합해 우연히 만들어진 느낌이어서 이 세 권의 책이 더욱 친근하게 와닿았는지도 모릅니다.

저희가 루차 리브로를 운영하는 이 오래된 집은 제2차 세계대전이 끝난 뒤 조선에서 돌아온 어느 가족이 지었습니다. 집을 지을 당시 중학교 1학년이었고, 학교에서 돌아오면 간식을 먹은 뒤 산을 깎으러 갔다는(경사가 있는 땅을 깎아서 평평하게 만들었습니다) 지금의 집주인 우에쓰지 료스케 씨는 이렇게 말합니다.

> ……이 집을 어떻게 지었는지 얘기해볼까요. 아버지가 차남이어서 본가에 오래 눌러앉을 수 없었던 탓에 저희 가족은 거처를 세 번 옮겨야 했습니다. 귀국하고 5년 뒤인 1950년 가을에 이곳으로 이사를 왔지요. 물론 집을 지으려면 준비할 것이 많았지만, 그때는 아버지가 관청에서 근무하셔서 이 근처 와시카구 일도 맡아서 하셨어요. 와시카구 주민들이나 계곡 근처 사람들과도 친해져서 이곳에 집을 짓기 위해 아버지가 설계를 하셨고, 필요한 기둥 수도 하나하나 계산하셨습니다. 그리고 산 주인분들께 집집마다 부탁하러 다니면서 한 그루, 두 그루씩 나무를 받아와 그 나무들로 이 집을 지은 거예요.
>
> 《룻챠》 창간호

이런 경위가 있어서인지 우에쓰지 씨는 이 집에 사람이 살지 않았던 10년 동안에도 정기적으로 환기를 하러 오고, 친구를 불러 강에서 놀거나 바비큐를 하며 집이 망가지지 않도록 관리했습니다. 저희가 처음 이 집을 방문했을 때는 집이 잠들어 있어 언제든지 깨어날 수 있다는 인상을 받았습니다. 그래서 이곳에 도서관을 개설하게 되었지요. 앞서 말한 세 가지 이야기와 마찬가지로, 우에쓰지 씨 가족이 목재를 하나하나 모으던 시절에는 이 집이 이후 빈집이 되고 그 뒤 사설 도서관으로 변신해 다시 사람들이 오가게 되리라고는 상상도 하지 못했을 것입니다. 저희 역시 사설 도서관에 대한 이미지를 명확히 그리지 못하고 있었지만, 이 집을 만남으로써 강물의 흐름을 탄 것처럼 우연의 힘에 이끌려 도서관을 만들었습니다.

앞서 말한 세 이야기에 등장하는 사설 도서관은 '누군가의 이루지 못한 소망의 흔적'으로 볼 수 있을지도 모릅니다. 『하얀 저녁 연대기』에서는 아버지가 오키나가에 관한 책을 모아 딸을 원래의 몸으로 되돌릴 방법을 찾았지만, 아제치 가문의 그 딸이 다시 나이를 먹어가는 일은 없었습니다. 『7층의 아이들』의 소년들은 서로 친해졌지만 헤어져야 할 때가 왔기에 우정의 기념으로 작은 도서관을 만들었습니다. 『과자가게 골목 달빛장』에서는 동네의 풍경이 바뀌는 것을 막을 수 없어서 고지도를 모았습니다. 하지만 그 우연은 처음 품었던 소망보다 훨씬 먼 곳으로 누군가를 데려갔다고, 그렇게 바꿔 말할 수 있을지도 모릅니다. 저희 도서관도 가족들이 대대손손 살아가는 장소는 되지 못했지만, 다른 형태로 많은 사람들이 오가는 장소가 되었습니다. 『과자가게 골목 달빛장』의 주인공처럼 집의 목소리가 들린다면, 집이 우연을 통해 이 도서관이 생긴 것을 기뻐하며 노래를 불러주고 있으면 좋겠습니다. 그렇게 상상해봅니다.

밤바다의 불빛 같은 말

인적이 드물고 사람보다 사슴이 더 많은 듯한 산속에서 루차 리브로를 운영하면서 오히려 사람을 많이 만나게 되었습니다. 저에게 사람을 만나는 것이란 곧 그 사람의 말을 만나는 것이기도 합니다. 루차 리브로의 활동을 통해 만나는 사람들에게 위안이 되는 말을 들을 기회도 많아졌습니다.

마침 지금 제 손에는 이스라엘 작가 타미 셈 토브의 『아빠의 편지는 전부 외웠어』라는 책이 들려 있습니다. 1940년 5월, 나치 독일이 네덜란드를 침공해 네덜란드에도 유대인에 대한 갖가지 금지령이 공포되었습니다. 그런 상황 속에서 주인공인 유대인 소녀 리네케(본명이 아니라 네덜란드인처럼 위장한 가명)는 가족과 헤어져 지하 저항운동을 하는 의사의 집에 숨어 지냅니다. 리네케의 마음을 위로해주는 것은 그 생활을 지탱해주는 사람들과 다른 동네에 숨어 사는 아버지가 이따금 보내주는 그림 편지였습니다. 리네케는 아버지의 편지를 외울 정도로 몇 번이나 되풀이해서 읽고 답장을 썼습니다. 편지가 남아 있으면 위험하므로 원래는 불태워 없애야 했지만, 리네케를 맡아준 의사는 그 편지들을 땅속 깊이 묻어서 보관했고 전쟁이 끝난 뒤 리네케에게 돌려주어 세상의 빛을 보게 되었습니다. 귀여운 그림이 색칠되어 있는 편지의 한 구절을 소개합니다.

사랑하는 리네케에게
1년이 끝났구나.
한 해의 마지막에
친구들은 모두
서로 행운을 빌어주지.

사랑하는 내 딸,
너는 내 가장 소중한 친구니까
진심을 담아 제일 먼저
말해주마.

그러니 리네케, 곁에 와서 무릎 위로 올라오렴.

그래, 무릎 위로 기어오르렴.

자, 네 두 볼에 한 번씩 키스를,

머리에도 키스해줄게.

타미 셈 토브, 『아빠의 편지는 전부 외웠어』

가혹한 생활, 존엄이 훼손되는 나날 속에서 자신이 아버지에게 가장 사랑받는 존재라는 사실을 거듭 확인하는 것이 리네케에게 얼마나 위안이 되었을까요. 리네케가 받은 이 편지처럼, 저는 루차 리브로의 활동을 통해 알게 된 사람들의 말에 매일 위로받습니다. 나치에게 점령당한 시대를 살아가던 유대인들이 주고받은 편지에 비할 것은 아닐지도 모르지만요. 그래도 저는 그때마다 불빛이 켜지는 듯한 기분이 듭니다.

예를 들면 '실렁실렁ぎなぎな'이라는 말이 있습니다. 처음 들었을 때는 그 의미를 몰랐는데, 미에현 일부 지역에서 쓰이는 사투리로 '천천히, 힘을 빼고'라는 뜻이라고 합니다. 예전에 저희 도서관에 찾아와준 뒤로 느슨하게 관계가 이어져 드문드문 편지를 주고받는 이가 적어준 말입니다. 귀에 익은 말은 아니지만, 마치 주문처럼 마음을 따뜻하게 만

들어주는 울림이 있어서 일상 속에서 무언가에 가로막히면 '실렁실렁' 하고 중얼거리며 속도를 늦추고는 합니다. 그는 시를 소개해주기도 하고, 직접 만든 소품함을 함께 보내주기도 하고, 자신이 지금 도전하려고 하는 일에 대해 써주기도 해서 편지를 받으면 매번 가슴이 벅찹니다.

"생명은 무거운 거잖아"라는 말도 있습니다. 원래 오므라이스 라디오의 청취자였는데 우연찮게 친해져서 연락을 주고받는 친구가 해준 말입니다. 일전에 어떤 책에 기고할 원고를 썼을 때 '이 내용은 지금까지의 독자가 보기에 너무 무겁지 않을까? 이런 글은 필요 없다고 생각할지도 몰라' 하고 걱정이 되어 이 친구에게 글을 보내봤습니다. 생명과 존엄에 관한 글이었는데, 그 글을 읽은 친구가 이 말을 해주었습니다. "무거워서 나쁠 게 뭐가 있어? 생명은 무거운 거잖아" 하고요. 그리고 "이런 글은 필요 없다고 생각하는 사람이 있더라도 꼭 실어야 해"라고까지 말해주었습니다.

또 우편으로 책을 반납하면서 가끔 편지를 함께 보내주는 이들도 있습니다. "고맙습니다. 또 들를게요" 하고 메모지에 한마디 써주기도 하고, 얼마 전에는 어떤 학생이 "루차 리브로에 대해 쓴 과제로 교수님께 엄청 칭찬받았어요"라고 적어주었습니다. 저희 도서관에서 찍은 사진을 함께 넣거나 책을 정성껏 포장해서 반납하는 사람도 있습니다.

　따뜻한 말을 들으면 '불빛이 켜지는 듯한 기분이 든다'고 앞에서 썼는데, 제 안에는 우리의 배가 밤바다를 항해하는 이미지가 있습니다. 그 불안함은 사고로 인해 아이들끼리만 영국 하리치에서 네덜란드 플러싱까지 돛단배 '마귀호'로 항해하는 이야기인 영국 작가 아서 랜섬의 『바다로 가려던 게 아니었는데』와도 비슷한 면이 있습니다. 이 책에는 밤바다를 항해하는 도중 키를 잡은 소년 존이 등대선을 발견하는 장면이 있습니다.

　저게 뭐지?
　저 멀리 어둠 속에서 빛이 두 번 반짝였다. 그 빛은 마귀호가 파도 꼭대기에 올라갈 때만 보였다. 봐, 또 보였어. 한 번 반짝 빛난 뒤에 숨을 한 차례 쉬고 나면 한 번 더 빛났다. 그리고 몇 초 동안 깜깜한 어둠이 되었다가 또 이어서 반짝, 반짝 두 번 빛났다.
　분명 등대선일 거야.

아서 랜섬, 『바다로 가려던 게 아니었는데』

　따뜻한 말을 듣는 것은 이와 비슷한 느낌입니다. 밤바다는 어둡고 광활하며, 마귀호는 그곳에 점처럼 홀로 떠 있지만 등대선은 아이들에게 방향을 알려주고 용기를 불어넣어 줍니다. "나는 저걸 향해서 키를 잡고 있어"라는 존의 말이 그 점을 잘 표현합니다. 루차 리브로는 순조롭게 항해하고 있는 것처럼 보일지도 모르지만 실은 그렇지 않아서, 수많은 불빛들의 도움을 받아 오늘도 어두운 바다를 겨우 항해하고 있습니다.

2

옷장 속의 책장

옷장의 파수꾼이
도서관을 열기까지

학창 시절 혼자 살던 자취방에서 책장을 옷장 속에 넣어두었던 것이 문득 생각났습니다. 책을 읽고 싶을 때면 굳이 옷장을 열어서 '금서'를 꺼내 읽었습니다(물론 진짜 금서가 아니라 야마자키 나오코라의 『긴 끝이 시작된다』나 모리스 샌닥이 그림을 그린 『사랑하는 밀리』, 사사키 마키의 『난 역시 늑대야』 같은 책이 들어 있었지만요).

그로부터 시간이 흘러 지금은 저와 남편의 개인 장서를 사람들에게 개방해 열람과 대출 서비스를 제공하고 있습니다. 그 사이에는 여러 가지 단계가 있었는데, 이 비약을 메우는 일들을 기억 깊은 곳에서 꺼내보려 합니다.

먼저 책장을 옷장 속에 넣어두었던 시절의 저는, 일본 문학을 전공하고 있었음에도 독서를 좋아한다는 사실을 남들에게 별로 알리고 싶지 않았습니다. 수업 시간에 고서를 읽는 것도 재미있었지만 '그런 사람은 나뿐이겠지' 하는 생각에 즐거운 기색을 감췄습니다. 중고등학생 때 주위에 책을 좋아하는 사람이 없었던 데서 비롯된 생각이었지만, 그 시절 대학에서 일본 문학을 선택한 사람들을 좀 더 믿었다면 좋았을 텐데 하고 나중에 후회했습니다. 그러고 보니 즐거운 기색을 꼭꼭 감췄다고 생각했는데, 세미나 동료가 "일본 문학이 너의 아이덴티티야?"라고 물었던 것이 특별한 기억으로 남아 있습니다.

하지만 그 시기에 저는 작은 한 걸음을 내디뎠습니다. 구직 활동으로 갈팡질팡하던 때 지금의 남편이 우치다 다쓰루의 『너무 지쳐 잠들지 못하는 밤을 위해』를 빌려줬습니다. "아마 지금의 네 심정에 잘 맞는 내용일 거야" 하며 일부러 가져와줬던 것도, 같은 또래의 친구가 책을 추천해준 것도 처음이었습니다. 그때부터 저희는 서로에게 조금씩 책을 빌려주거나 가볍게 선물하는 관계로 변해갔습니다. 한 명은 가나자와, 한 명은 오사카로 멀리 떨어져 지낸 시기에도 이탈리아어 공부에 도움이 되리라고 생각해 이탈리아어 그림책을 찾아 크리스마스에 보내주거나(분명 지금도 서가에

112

있을 것입니다) 좋아하는 책을 선물받기도 했습니다.

취업 준비생 시절 제가 힘들어할 때 "나도 이 책을 읽고 마음이 편해졌거든" 하며 순수하게 책을 추천해준 것이 제 마음의 옷장을 조금씩 열어줬나 봅니다.

그 뒤로는 루차 리브로의 시작점이라고 해도 과언이 아닌 시기를 맞이했습니다. 제가 가나자와에서 고베로 이직하고, 고베의 오카모토에서 혼인 신고를 한 뒤 둘이서 낡은 연립주택에 살게 된 것입니다. 이 집에는 결혼식 뒤풀이니 다코야키 파티니 뭐니 하며 친구들이 자주 놀러왔습니다(교우 관계의 밀도가 학창 시절보다 더 높았던 것 같습니다). 그 연립주택이 친구들 모두의 집에서 그럭저럭 가까웠던 것도 좋은 평계가 되었습니다. 초록색 소파와 좌식 테이블이 있어서 다 함께 앉으면 꽉 들어차는 거실에는 벽장 맞은편에 커다란 책장이 있었습니다. 여기서는 이미 장서를 남들에게 보여주는 것에 대한 부담감이 상당히 줄어들어 있었습니다. 오히려 친구와 이런저런 이야기를 나누다가 "그렇다면 이 책을 읽어봐" 하며 참견하기도 했고, 반대로 친구가 "이 책 한 번 읽어보고 싶어" 하고 빌려가기도 해서 책장이 이미 약간의 공공성을 띠기 시작한 상태였습니다. 심지어 어떤 친구는 "이곳에 잘 어울리니까" 하며 자기 책을 놔두고 가기도 했습니다. 물론 추천의 과녁이 빗나가서 "네가 빌려준 책 말이야, 잘 이해가 안 되더라고……"라는 말을 들을 때도 많았고, 지금도 여전히 그렇지만요.

개인 장서를 사람들에게 개방하고 열람과 대출 서비스를 제공하는 루차 리브로는 저에게 이 고베 집의 연장 및 확장 버전이어서, '초대하는 사람이 좀 많아졌나?' 정도의 느낌입니다. 그래서 와주는 사람들도 왠지 친근하게 느껴지고, 열람실에서 활발한 분위기가 전해지면 기쁨과 동시에 말로 표현할 수 없는 그리움이 밀려옵니다.

하지만 여전히 변하지 않은 부분도 있는 듯합니다. 처음 온 사람에게 서가를 보여주는 것은 솔직히 말해 매우 부끄럽고 용기가 필요한 일입니다. 손님이 서가를 보는 동안 저는 안절부절못합니다. 물론 그런 내색은 하지 않지만 머릿속이 시끌시끌하지요. 그래서 손님이 서가에서 책을 뽑아 들고 즐거운 표정을 짓는 모습을 보면 진심으로 기쁩니다.

이렇게 책장을 개방해나간 경위를 밝혀보니, 역시 책을 통한 사람과의 만남이 완고하고 비뚤어진 저를 바꿔준 것 같아서 새삼 고마웠습니다(천성적으로 비뚤어진 탓에 고마워하는 마음이 제대로 전해졌는지는 몹시 의문이지만요). 게다가 그 변화는 억지로 바꿨다는 느낌이 전혀 들지 않고, '이거 즐겁네. 즐거우니까 더 해보고 싶어' 하고 진심으로 생각할 수 있는 방법이었기에 그것이 루차 리브로 활동의 원형이 되지 않았나 싶습니다. 그러한 원체험이 현재로 이어지고 있으며, 무엇보다 그런 보물이 있다는 것만큼 행복한 일은 없습니다. 루차 리브로에서 나누는 것은 책과 장소라는 눈에 보이는 물질이지만, 어쩌면 이러한 체험 역시 나누고 있는지도 모릅니다.

유령의 시선으로
세상을 보는 사람

"너는 공포물을 유령의 시선으로 보는구나"라는 말을 듣고 뜨끔했던 적이 있습니다. 인간과 유령이 대치하는 호러 영화나 소설을 볼 때면, 무의식중에 제가 이야기의 시선과는 반대쪽 시점을 취하는 경우가 많은 모양입니다.

영화 〈식스 센스〉를 예로 들어볼까요. 이 영화는 유령이 보이는 소년 콜과, 과거의 어떤 일을 후회하며 사는 소아정신과의사 말콤의 교류를 그린 휴먼드라마입니다. 가는 곳마다 유령이 나타나서 콜은 늘 새파랗게 질린 얼굴로 그들을 못 본 척하거나 도망갑니다. 이런 장면에서는 아마도 대부분의 사람들이 콜의 시선으로 함께 무서워하겠지요. 하지만 저는 이 영화에서 '유령은 서로에게 보이지 않는다'는 설정이 마음에 걸려서, 유령이 나올 때마다 그 점이 떠올랐습니다. 유령 셋이 나란히 등장하는 장면에서는 '아, 이 유령들은 서로의 모습이 보이지 않으니 자기 혼자 여기에 있다고 생각하겠구나. 어쩌면 옆에 있는 두 유령을 찾고 있는 건지도 몰라' 하고 생각하기도 했습니다.

스티븐 킹의 『샤이닝』을 읽을 때도 제 시각은 이와 비슷했습니다. 영화로도 유명한 『샤이닝』은 산속의 오래된 호텔 오버룩에 겨울철 관리인으로 온 어느 가족의 이야기입니다. 외아들 대니는 '샤이닝'이라는 신비한 능력을 지니고 있는데, 그 힘에 이끌리듯 호텔의 유령들이 꿈틀대기 시작합니다. 그로 인한 괴이한 현상 중 하나가 말벌 떼의 등장입니다. 말벌 떼는 호텔 지붕에 벌집을 만들고 대니 가족을 소름 끼치게 위협하는데, 저는 어느 순간부터 이 말벌 떼의 동향을 주시하고 있었습니다. 살아 있으면서도 유령들 편인 말벌 떼가 어떤 존재이며 무엇을 생각하는지 상상하지 않을 수 없었습니다.

공포물을 공포물로서 순순히 무서워하려면 저편에 대해 압도적인 타자성을 느껴야 합니다. 하지만 저는 저편을 전혀 다른 세계로 단정 짓지 못하고, 오히려 저편에 대해 상상하거나 저편을 저편이라고 인식조차 하지 않는 경향이 있습니다. 그렇다면 저는 어째서 저편, 즉 유령의 편에서 세상을 보는 걸까요? 이에 대해 생각해보기 위해 저의 경험을 이야기하겠습니다.

얼마 전 폐쇄병동에 입원한 적이 있습니다. 강제 입원이 아니라 자발적인 입원이었습니다. 그래도 입원 전에는 판단이 서지 않아서, 의사 선생님에게 병세를 상담한 뒤에 입원이라는 결정을 겨우 내렸습니다. 전에 상처를 입어 입원했을 때도 거기 있는 사람들을 관찰했는데, 이번 역시 단기간이기는 했지만 다양한 이들이 있었습니다. 예쁜 목소리로 노래하면서 복도를 걷는 소녀. 평소에는 그렇지 않은데 주말만 되면 고함을 지르는 남자. 한번은 그 남자가 한밤중에도 고함을 질렀는데, 나중에 간호사에게 "(환청이) 남자 목소리로 들립니다. 괴로워요. 적어도 여자 목소리면 좋을 텐데" 하고 고백했습니다. 분명 화를 돋우는 말이 들렸겠지요.

어느 늦은 밤에는 옆 침대에 있는 아이가 괴로워하기에 걱정이 되어 "○○야" 하고 부른 적이 있습니다. 제가 괜찮으냐고 물어보기도 전에 "시끄럽게 굴어서 죄송해요. 진통제를 못 받았거든요" 하는 가느다란 목소리가 들려왔습니다. 시끄럽다고 주의를 주려던 것이 아니었기에 "힘들지? 아픈 게 조금이라도 괜찮아지면 좋겠다"라고만 말하자, 얼마 뒤 새근새근 숨소리가 들렸습니다.

왠지 이런 일들이 그 애를 가장 괴롭혀왔고, 그래서 입원까지 한 것이 아닐까라는 생각이 어렴풋이 들었습니다. 어째서 몸이 아파 고통스러운 사람이 자신이 내는 조그만 소음이나 목소리까지 신경 쓰면서 고통을 자기 안에만 담아두려고 애써야 하는 걸까요? 그 애가 반사적으로 "죄송해요"라고 말하게 만들어온 사회가 그 애의 고통을 유발하고 있었습니다. 그 사실을 사회가 깨닫지 못하면 수많은 고통이 구원받지 못할 것 같습니다.

그러고 보니 입원 전 네 명쯤 되는 병원 관계자로부터 "병동에는 소리를 내는 사람이 있으니 깜짝 놀랄지도 몰라요"라는 조언을 받았습니다. 이를 뒤집어보면 '대부분의 사람은 소리를 내지 않는다'는 뜻이며, '소리를 내는 사람'과 '소리를 내지 않는 사람'으로 인간을 분류해 서로에 대한 공감을 완전히 단절시키는 말처럼 들렸습니다. 의료진들은 '소리를 내는 사람'이 왜 그러는지 이유를 알고 있을 텐데도 그들을 유령 취급하며 마음을 열지 않는 듯했습니다. 이 조언을 들었을 때 저는 속으로 중얼거렸습니다.

'소리를 내는 게 뭐가 어때서. 자기를 얕보는 환청이 들리면 시끄러워, 그만둬, 하고 저지해도 되잖아. 밤에 힘들면

끙끙거릴 수도 있잖아.'

　이 경험을 바탕으로 다시 한번 '어째서 유령의 시선으로 세상을 보는가?'라는 질문에 답해보자면, 저에게는 유령이나 큰 소리를 내는 사람이 있다는 것보다 '저 사람은 유령이야. 이편이 아닌 저편. 뭐라고 외치는 것 같지만……' 하며 그들의 목소리를 없애려는 쪽이 훨씬 더 무섭기 때문이라는 이유가 떠오릅니다. 저도 언제 물질적 혹은 사회적으로 유령이 될는지 모릅니다. 누구라도 우연찮게 저편에 설 가능성이 있습니다. 절대적으로 이편, 인간 편에 계속 설 수 있다는 자신감 같은 건 조금도 없습니다. 그렇기 때문에 언제나 유령 쪽에서 생각해보는 것인지도 모릅니다. 게다가 유령의 입장에서는 이편이 '저편'이니까요.

당사자라는 것,
동행자라는 것

　도서관 직원은 이용자의 문제의식에 따라 자료를 찾아주거나 검색 방법과 문제 접근법을 제안하는 동행자라고 생각합니다. 그래서 이용자의 삶이나 희망에 맞춰 서비스를 제안하는 복지 분야와도 비슷한 면이 있다고 느낍니다. 남편이 복지 분야에서 장애인 취업 지원 업무를 하고 있기 때문에 저희는 종종 '동행자의 당사자성'에 대한 이야기를 나눕니다(여기서 말하는 '당사자'란 제3자가 아니라는 정도의 뜻입니다. 어떤 문제의식을 당사자의 시각으로 마주하는 것이지요). 대학도서관에서 일하던 시절, 저는 완전히 동행자로서 도서관 업무를 대했습니다. 문제의식을 가지고 찾아오는 것은 도서관을 이용하는 사람들이고, 저는 뒤에서 함께 달리며 그들을 지원한다는 생각을 가지고 있었습니다. 하지만 언제부터인가 동행자 역시 당사자이며, 당사자성을 가지고 함께 달릴 수도 있다고 느끼게 되었습니다.

어떤 책과의 만남이 그 계기였습니다. 기타자와 나쓰오의 『겟 백, 서브!: 어느 작은 매거진의 정신』이라는 책인데, 고베 기타노에서 《서브》라는 서브컬처 관련 계간지를 만들던 편집자 고지마 모토하루의 궤적을 좇는 논픽션입니다. 그 여정은 저자 기타자와 나쓰오가 헌책방에서 《서브》를 보고 푹 빠지면서 시작됩니다.

저는 이 책을 고베 모토마치에 있던 가이분도 서점의 행사를 통해 알게 되었습니다. 행사 도중 책장을 훌훌 넘겨보다가 우연히 눈에 들어온 페이지에 그때 제가 근무하던 학교법인의 이름이 적혀 있어서(고지마 모토하루의 아버지가 그곳에서 교편을 잡았다고 합니다), 깜짝 놀라며 인연이구나 생각했습니다. 또 이 책이 출간된 것은 2011년 10월이었는데, 마침 삶의 방향을 모색하던 저희에게는 매우 시의적절한 내용이었습니다. 책에서 저자는 대안적 관점을 지향하는 독립 미디어 대부분이 1972, 1973, 1976년을 분기점으로 잇달아 사업을 접는 등의 시대 배경에 대해 다음과 같이 서술합니다.

'지금까지와는 다르게 살아가려고 하는 젊은이들'의 문화는 왜 이다지도 허무하게, 10년도 채 지나지 않아 풍화되거나 변절되고, 또 뿔뿔이 흩어진 것일까. 시대가 변했기 때문에? 이유가 정말 그것뿐일까?

기타자와 나쓰오, 『겟 백, 서브: 어느 작은 매거진의 정신』

이 구절은 동일본대지진 이후 새로운 삶의 방식을 모색하려고 해도 다시 예전과 다르지 않은(듯이 보이는) 일상으로 휩쓸려가는 우리에게 던져진 질문 같았습니다. 이런 저의 문제의식을 대학도서관이라는 장소에서 그곳에 오는 사람들과 공유해보고 싶었습니다. 고지마 모토하루의 아버지가 그 대학교에서 학생들을 가르쳤다는 것 외에도 그 대학교와 그리 멀지 않은 기타노에서 잡지가 만들어졌다는 것을 단서 삼아, 도서관 직원들이 다 함께 검색에 검색을 거듭해 약 반년 만에 《서브》 전권을 모아 도서관의 귀중한 자료로 소장했습니다. 1970년대에 고베라는 지방 도시에서 잡지가 만들어진 것도 드문 일이었기에, 당시의 동료들도 저의 무리한 부탁에 기꺼이 협력해줬습니다. 판형이 작은 제4호를 발견했을 때는 도서관 사무실에서 환호성이 터졌습니다.

이때 문제의식의 당사자로 도서관을 마주한다는 의식이

제 안에서 싹튼 듯합니다. 나 자신의 당사자성을 제시하면서 함께 띨 수는 없을까, 서로에게 좀 더 목소리가 가닿게 하고, 서로에게 의문점을 던지며 함께 생각할 수는 없을까. 나 역시 같은 사회에서 함께 살아가며 생각하는 주체이자 당사자니까. 어느새 저는 그렇게 생각하게 되었습니다.

서로에게 좀 더 목소리가 가닿게 하고, 서로에게 의문점을 던지며 함께 생각할 수는 없을까. 이 물음에 대해 저희는 사설 도서관을 만들어 서가를 개방한다는 대답을 내놓았다고, 또는 새로운 물음을 던졌다고 말할 수 있을지도 모릅니다. 루차 리브로에서는 포스트잇이 붙어 있는 개인 장서를 그대로 공개해 이곳을 찾는 사람들에게 질문을 던지고 말을 거는 형식을 취하고 있습니다. 책의 힘을 빌려서 말을 거는 것이므로 매우 작고 약한 목소리이긴 하지만요. 이에 대해 "더 알고 싶어요, 더 생각하고 싶어요" 하는 사람이 나오면 다양한 시점에서 책을 소개하거나 조사 방법을 알려주며 그런 바람에 동행합니다.

생각해보면 이용자와 같은 시대, 같은 사회에서 살아가며 사고하고 있으니 당사자성을 완전히 지운 동행이란 존재하지 않을 듯합니다. 적어도 제 경우에는 스스로의 당사자성을 발견함으로써 새로운 동행의 활로를 찾아 더욱 원활하게 참고 서비스(이용자가 학습·조사·연구를 목적으로 자료나 정보를 수집할 때 도서관 직원이 자료를 안내하거나 자료에 기반해 답변하는 업무)를 할 수 있게 되었습니다. 당사자라는 것과 동행자라는 것은 결코 모순되는 입장이 아닙니다. 오히려 자신의 당사자성과 문제의식을 개방함으로써 보다 풍성한 동행이 가능해질 수도 있습니다. 돌이켜보니 그런 생각이 듭니다.

반드시 있다는 확신을 가져야
발견할 수 있다

여름 햇살이 비쳐들면 대학도서관에서 일하던 시절의 폭서 휴관(장서를 점검하는 휴관 기간을 이렇게 불렀습니다), 그리고 뜨거운 태양 아래에서의 장서 점검이 떠오릅니다. 생각해보면 장서 점검만큼 책을 물체로 의식할 때도 없습니다. 저에게는 평소 책을 정보로서 다소 관념적으로 생각하는 경향이 있습니다. 도서관에서 책의 일부를 복사해 ILL(Inter Library Loan: 상호 대차)로 주고받거나 전자저널 열람을 안내했던 경험이 저도 모르게 머릿속에 박혀 있는지도 모릅니다.

하지만 자료 데이터와 실물을 맞춰보는 시기가 한 번씩 찾아오면, 도서관은 단번에 구체적인 장소가 되고 책은 물체가 됩니다. 폭서 휴관 중에 장서 점검을 할 때면 특히 더 그렇습니다. '장서 점검'에 대해 간단히 설명하자면, 데이터 상의 자료(위치) 정보와 실제로 서가에 있는 자료가 일치하는지 조사하는 작업입니다. 이때 도서관은 왠지 모르게 냉방이 잘 되지 않는(어느 해 여름에는 놀랍게도 에어컨이 고장 나 있었습니다) 거대한 상자로 변하고, 책은 점점 한손으로 꺼내기 힘들어지는 그저 무거운 종이 뭉치로 전락합니다. 서가 왼쪽부터 오른쪽까지, 위쪽부터 아래쪽까지 책 한 권 한 권의 바코드를 핸디 리더로 읽어 들이고, 그 데이터를 컴퓨터로 내보내 조회하는 지극히 단조롭고도 방대한 작업을 도서관 직원들이 교대로 해나갑니다. 작업이 진행될수록 서가 위아래로 이동하며 바코드를 읽어 들이는 작업이 다리와 허리에 부담을 줍니다. 책등에 붙여둔 청구도서 라벨의 두 번째 줄에 적힌 저자 기호는 알파벳순이어서(이는 도서관에 따라 다릅니다. 알기 쉽게 가타카나로 적어두는 곳도 있지만 제가 일했던 곳에서는 저자 기호표를 사용해 알파벳으로 표시했습니다) 피로가 쌓이면 점점 순서가 헷갈리는 탓에, 저녁 무렵에는 직원들이 도서관에서 저마다 알파벳 송을 부르는 진귀한 광경도 볼 수 있었습니다.

장서 점검 때만큼은 아니지만 어디에 있는지 도통 모르겠는 도서를 찾을 때도 책을 물체로서 강하게 의식합니다.

도서관 서가는 분류기호, 도서기호, 권차기호 등으로 이루어진 청구기호에 따라 왼쪽에서 오른쪽으로, 위쪽에서 아래쪽으로 정렬됩니다. 하지만 이따금 어떤 이유로 인해 이 정규 배열을 벗어나 서가에서 미아가 되어버리는 책이 있습니다. 책이 정규 배열 속에 있으면 어렵지 않게 찾을 수 있지만 어쩌다가 그곳을 벗어나면 사막에서 바늘 찾기가 됩니다.

사라진 도서를 찾을 때, 저는 책 하나하나의 청구기호나 제목을 확인하기보다 시야를 흐릿하게 만들어 전체를 보려고 했습니다. 그러면 시야 한구석에서 찾던 책이 떠오르는 경우가 있었습니다. 또 사서 경력이 긴 어느 동료는 "반드시 있다는 확신을 가지고 찾으러 가야 발견할 수 있어"라고 조언했습니다. 이는 정말 맞는 말이어서, 청구기호대로 꽂혀 있어도 그 책의 형식이 학술지나 바인더처럼 일반도서와 다른 경우에는 신입 직원이 아무리 애를 써봤자 서가에서 찾지 못할 때가 있었습니다. 고참 직원은 경험을 통해 '반드시 있다'는 확신을 쌓아왔기 때문에 책을 찾을 확률도 높습니다. 다양한 업무 경험을 통해 책을 철저하게 구체적으로 대하는 자세가 길러지는 것인지도 모릅니다.

루차 리브로 역시 실재하는 공간이기는 하지만, "반드시 있다는 확신을 가지고 찾으러 가야 발견할 수 있다"는 말이 어쩐지 들어맞는 듯합니다. 저희 도서관은 문을 여는 날이면 '인문계 사설 도서관 Lucha Libro'라고 널빤지에 적어서 만든 간판을 숲속 나무에 기대어 세워둡니다. 그런데 가끔가다 "여기는 오래된 민가를 개조한 카페인가요?" 하고 물어보러 오는 사람도 있고, "사설 도서관이라는 게 무슨 뜻이에요? 수익은 어떻게 냅니까?" 하며 이런저런 질문을 하는 사람도 있습니다. 그럴 때 "자택을 개방해 만든 사설 도서관이라서 수익을 내는 형태로는 운영하지 않습니다"라고 설명하지만, 아무래도 납득을 못 하는 경우도 있고요. '도서관 안을 둘러보거나 책 라인업을 봐주면 좋을 텐데' 하고 조금 아쉬워하며 그런 사람들의 뒷모습을 배웅합니다. 아마도 이는 일반 서적을 떠올리며 서가로 찾으러 갔는데 학술지나 바인더가 줄줄이 꽂혀 있어서, 찾는 책으로 인식하지 못해 발견하지 못하는 경우와 비슷하지 않을까요. 그들의 머릿속에 있는 '도서관'의 이미지와 저희 도서관의 모습이 다른 탓에 카페나 상점이라고 착각하거나 끝내 '도서관'으로 받아들이지 못하는 것이지요.

그렇게 생각하면 루차 리브로는 '여긴 틀림없는 도서관이야'라는 기믹'을 공유하는 사람이 아니면 발견하지 못하

129

고, 그 서가에도 당도하지 못하는 숨겨진 마을 같은 장소인지도 모릅니다. 히가시요시노무라 계곡 아래에 있는 지은 지 70년쯤 된 낡은 집을 '도서관'이라고 부르기 시작한 것은 저희지만, 그 기믹을 믿고 찾아와주는 손님이 있기 때문에 이곳이 도서관이 될 수 있습니다. 그런 의미에서 루차 리브로는 실재하는 장소인 동시에 관념으로 성립하는 장소이기도 하지 않을까요. 그러니 반드시 있다고 믿으면서, 시야를 흐릿하게 만들어 전체를 바라봐주세요. 그러면 오래된 집을 데이터가 아닌 실물로 존재하는 책으로 가득 채운 도서관이 보일지도 모릅니다.

• gimmick. 어떤 제품이나 사물에 대한 흥미를 유발하거나 관심을 끌기 위해 사용하는 특이한 전략 또는 장치.

참고도서를 좋아합니다

　대학 시절, 일본 문학을 전공하던 제가 무척 좋아한 강의가 있습니다. 하세 아유스 선생님의 일본 근대문학 강의였습니다. 수업 자료에 적혀 있는 문학작품의 줄거리만 봐도 재미있었는데, 선생님은 다양한 열쇠를 사용해 문을 열면 처음에 본 것과는 전혀 다른 풍경이 보이기 시작한다는 사실을 알려주셨습니다. 열쇠는 해당 작품과 동시대에 일어난 사건이나 하이카이* 관련 지식, 한시의 배경지식 등등 무척 다양했습니다. 열쇠로 연 문 너머로 빛이 보이는 느낌이 좋아서, 어느새 저는 그 느낌을 맛보기 위해 대학도서관을 드나들며 참고도서(사전이나 백과사전을 비롯한 참고 자료)를 찾았습니다.

131

어느 날 강의에 『사이카쿠 추억의 벗西鶴名残の友』이 등장했습니다. 『사이카쿠 추억의 벗』은 하이카이 시인으로도 이름 높은 이하라 사이카쿠가 일본의 여러 지방에 관해 허구를 가미해 쓴 산문집으로, 열쇠를 들고 마주하면 그야말로 문이 열리는 듯한 작품입니다. 그 가운데 4권의 네 번째 이야기인 「걸인도 '다리 처음 건너기'를 한다」를 강의에서 다뤘습니다. 대략적인 줄거리는 이렇습니다.

사이카쿠가 집에 있는데, 에도의 동료 시인 다카라이 기카쿠가 하이카이를 짓자고 찾아왔다가 그 목적도 까먹고 담소에 푹 빠집니다. 그 뒤 사이카쿠는 가와치국**의 야오 지역을 방문해 강기슭에서 걸인들의 부락을 봅니다. 마침 88세가 된 한 걸인이 새로 놓은 다리를 처음 건너는 의식을 치르고 있었습니다. 그들 가운데 피부가 하얀 걸인이 나타나 나무 위로 올라가 가지를 뒤졌습니다. 사이카쿠가 이유를 묻자 "큰 새의 둥지에는 생황***의 혀를 적시는 돌이 있다고 전해지기에 그것을 찾는 중입니다"라고 하며 궁중음악을 근사하게 연주해 보였습니다. 사이카쿠는 '사람이란 참으로 알 수가 없구나. 걸인에게는 근본이 없다지만 저 사람은 분명 극락의 걸인이다' 하고 생각합니다.

하세 선생님은 이 장면과 같은 이미지를 의식한 것으로

보이는 사이카쿠의 시가 『사이카쿠 독음백운자주회권西鶴
独吟百韻自註絵巻』****이라는 책에 수록되어 있다는 점을 들어
이 걸인은 당나라 시인 백거이를 빗댄다고 이야기하셨습니
다. 『사이카쿠 독음백운자주회권』에는 「걸인도 '다리 처음
건너기'를 한다」에서 피부가 흰 걸인의 모습을 표현한 것
과 같은 구절(나뭇가지에 걸려 있는 것들을 모은다, 생황의 혀를 축이
는 데는 큰 새 둥지에 있는 돌이 좋다, 생황을 불어서 궁중음악을 연주한
다 등등)이 등장하는 부분이 있고, 이는 '술을 좋아하는 숲속
노인'이라는 키워드로 연결되어 '술을 좋아하는 노인'이 가
을의 풍물을 즐기는 정경이 떠오릅니다. '술을 좋아하는 숲
속 노인'은 백거이를 가리킨다고 합니다. 백거이의 시문집
『백씨문집』에는 "수풀 사이에서 낙엽 태워 술 데우고/ 바
위 위에 시 쓰며 초록 이끼 쓸어내네林間暖酒焼紅葉 石上題詩掃
緑苔(백거이가 선유사에서 낙엽을 태워 술을 데운 추억에 관한 시)"라는
유명한 구절이 있는데, 사이카쿠가 이 구절을 염두에 두고
「걸인도 '다리 처음 건너기'를 한다」를 썼다는 것이 엿보입
니다.

 이런 식으로 한 권 한 권 다른 열쇠로 책의 문을 열어나
가면, 일상 속 에피소드를 담담하게 엮은 것처럼 보였던 이
야기가 전혀 다른 모습으로 바뀌는 것이 못 견디게 재밌었

습니다. 사이카쿠가 저를 향해 윙크하는 기분조차 들었고, 그 열쇠를 지닌 하세 선생님이 마술사처럼 보이기도 했습니다.

이 강의를 들으며 저는 문득 백거이를 빗댄 걸인은 이야기 초반에 등장한 다카라이 기카쿠와도 겹치는 것이 아닐까 하는 생각을 재미 삼아 해봤습니다. 강의가 끝난 뒤 하세 선생님께 그 생각을 말하자(지금 돌이켜 보면 어째서 근거도 없이 말하러 갔는지 모르겠습니다) 선생님은 "재밌구나. 그 고찰을 뒷받침할 문헌이 나오면 좋겠네" 하고 말씀하셨습니다. 그 말을 듣고 그 무렵 국립국회도서관의 디지털 컬렉션과 대학 도서관을 통해 찾아보는 방법을 배운 『고사류원古事類苑』을 한번 살펴봐야겠다는 생각이 들었습니다.

『고사류원』은 메이지 시대부터 다이쇼 시대에 걸쳐 편찬된 일본 최대의 사료史料 백과사전입니다. 1879년에 편찬을 시작한 이후 우여곡절을 거쳐 35년이라는 세월을 들여 1914년에 완성되었습니다. 현재의 백과사전처럼 어떤 사항에 대한 해설을 실은 것이 아니라, 그 사항을 다루는 사료(헤이안 시대 초기에 편찬된 6가지 역사서 '육국사六国史'부터 1867년의 문헌까지)를 소개하는 것이 특징입니다. 처음에는 색인이나 목록 보는 방법을 몰라서 익숙해지기까지 애를 먹었지만,

134

일단 적응이 되자 이 책에서 저 책으로 차례차례 창문이 열리며 경치가 보이는 듯한 쾌감을 느껴 이 참고도서에 금세 매료되었습니다.

색인에서 '기카쿠'를 찾아보니 다카라이 기카쿠가 애주가로 유명했다는 기술이 포함된 사료가 나왔습니다. 나중에 이 운 좋게 얻은 검색 결과를 하세 선생님께 알려드렸더니 "이렇게 문헌을 조사해온 학생은 처음이야" 하고 말씀하셨습니다. 그 뒤 선생님의 연구를 엮은 저서 『「사이카쿠 추억의 벗」 연구: 사이카쿠의 구상력』을 출간할 때는 주석에 "기카쿠가 하이쿠 시인 중 애주가로 유명했다는 사실은 홋타 미아코 씨가 알려주었다"고 적어주셨습니다.

이 일을 떠올리며 글을 쓰는 도중, 오랜만에 『「사이카쿠 추억의 벗」 연구: 사이카쿠의 구상력』을 책장에서 꺼냈더니 해당 주석에 포스트잇이 붙어 있고 빨간 펜으로 밑줄까지 그어져 있어 무척 부끄러웠습니다. 어지간히 기뻤던 모양이지요. 정말로 단순한 우연이었지만 '누군가의 탐구를 돕는 건 참 즐겁구나', '참고도서를 좋아해서 다행이야' 하며 들떴고, 탐구를 돕는 것과 참고도서를 좋아하는 마음을 그대로 간직한 채 자연스럽게 히가시요시노까지 오게 된 듯합니다.

지금 누군가의 부탁을 받지 않아도 멋대로 자택을 도서관이라고 칭하며 다른 사람의 탐구 활동을 계속 도울 수 있는(그렇다고 생각하는) 요인 중 하나는 하세 선생님과의 행복한 추억이 아닐까 싶습니다. 학생의 근거 없고 무모한 고찰에 "재밌구나. 그 고찰을 뒷받침할 문헌이 나오면 좋겠네"라고 해주신 선생님의 한마디에 지금도 감사하며, 그 말씀을 가슴에 새기고 있습니다.

---

* 일본 정형시의 한 종류로 웃음과 해학의 요소가 포함되어 있다.
** 일본의 옛 행정구역 중 하나로 지금의 오사카 동부.
*** 일본 궁중음악에 쓰인 전통 관악기의 하나.
**** 사이카쿠가 자신의 시 100편에 스스로 주석을 달고 그림을 넣은 책이라는 뜻.

커튼에 비치는 그림자

2015년, 당시 살던 효고현 니시노미야시에서 전신 골절로 입원했습니다. 다른 이유로도 입원한 적은 있지만 입원 '생활'이라고 부를 수 있을 정도로 기간이 길었던 것은 이때뿐입니다. 몸을 휘감는 아스팔트의 반사열과 눅눅한 공기 속에서 중환자실에 들어갔는데, 일반 병동으로 옮겨 재활치료를 마칠 무렵에는 창밖에 눈이 흩날리고 있었습니다. 돌이켜 보면 3개월 반, 그해의 4분의 1을 병원에서 보낸 셈입니다.

병원 지하의 중환자실에서 지낼 때는 목을 고정하는 경추 보조기를 착용하고 있어서 스스로 상체를 일으키지도 못했고 마음도 안정되지 않았습니다. 상황이 그랬던 탓에 책이 손에 잡히지 않았습니다. 누운 상태로 몸을 뒤집을 수도 없어서 간호사 여러 명이 주기적으로 와서 "하나, 둘" 하며 자세를 바꿔줬습니다. 머리 감기와 양치도 간호사가 해줬습니다. 그 시기에 고대했던 일과는 누운 자세 그대로 등받이가 침대처럼 젖히는 휠체어를 타고(이것도 간호사가 이동시켜줬습니다) 병실 바깥의 천장이 뚫린 공간으로 나가는 것이었습니다. 그 공간에 가면 병원 현관의 정원수가 보였고 바람과 햇빛도 들어왔습니다. '나뭇잎이 예쁘네', '바람이 상쾌해' 하고 느낄 때면 '나도 아직 좋은 걸 느낄 수 있구나. 인간다운 감정을 느끼는구나' 하며 왠지 안심했던 기억이 생생합니다.

같은 시기에 중환자실에는 다양한 환자들이 드나들었습니다. 자기 배를 찌른 사람, "아파" 하고 계속 소리치는 소녀, 만취해서 실려 온 남자……. 배를 찌른 사람은 상처가 깊지 않았는지 옆 침대에서 나간 다음 날 일반 병동으로 옮겼습니다. 중환자실을 떠날 때 "얼른 나으세요" 하고 저한테도 굳이 말을 걸어주었습니다. "아파" 하고 외치던 소녀는 아프지 않을 때면 캬리 파뮤파뮤라는 가수의 노래를 흥겹게 들었습니다. 만취했던 남자는 자고 일어나면 간호사에게 정중하게 인사했습니다. 중환자실에 실려 오는 상황이라도 그 사람의 특징이 겉으로 드러나는구나 싶어서 왠지 마음이 따뜻해졌습니다.

저는 한 달 동안 중환자실에 입원해 있다가 일반 병동으로 옮겼고, 경추 보조기도 벗어서 점차 침대에 앉거나 몸을 뒤집을 수 있게 되었습니다. 일반 병동으로 옮기고 얼마 지나지 않아 혼자서 몸을 뒤집었는데, 그 모습을 본 간호사가 "와, 혼자 몸을 뒤집으셨어요?" 하고 감탄했던 것이 선명하게 기억납니다.

누워만 있는 상태에서 벗어나자 시야도 조금씩 열려서 책을 읽고 싶어졌습니다. 그래서 남편에게 J. R. R. 톨킨의 『반지의 제왕』을 가져다달라고 부탁했습니다. 암흑 군주의 힘이 담긴 반지를 둘러싼 판타지 작품으로, 학창 시절에 봤지만 다시 읽어보고 싶었습니다. 저자 톨킨의 반생을 그린 영화 〈톨킨〉의 도입부에는 조이트로프*가 만들어내는 그림자가 벽에 비치는 환상적인 장면이 나오는데, 병실에서 책을 읽기 시작한 제게는 침대 사방을 둘러싼 크림색 커튼에 이야기의 그림자가 비치는 것처럼 느껴졌습니다. 뜻대로 되지 않는 몸과 마음으로 『반지의 제왕』을 다시 읽으니 무시무시한 반지의 힘이 처음 읽었을 때보다 훨씬 묵직하게 저를 덮쳤고, 여정이 방해되는 상황이 한층 사실적으로 느

139

껴졌습니다. 예전에는 깊게 의식하지 않았던, 등장인물들이 느끼는 여정의 막막함과 지친 마음, 내딛는 한 걸음의 무게가 강렬하게 다가와 여행자의 무거운 몸과 차가운 손끝을 직접 만지는 듯한 기분조차 들었습니다.

병원에서는 저뿐만 아니라 다른 사람들도 몸과 마음이 뜻대로 되지 않는 시기를 보내고 있었습니다. 같은 병실에는 "다음에 옮길 병원에서는 머리가 이상해질 것 같아" 하며 세상을 떠난 남편의 사진을 소중하게 지니고 있는 여성, 병문안 온 자매를 몰아세우는 여성, 수술 실패로 계속 입원해 있는 부인의 침대 곁에 온종일 머무르는 남성이 있었습니다. 이 사람들의 모습과 무거운 몸을 이끌고 여정을 이어가는 이야기 속 등장인물이 겹쳐 보였습니다.

그렇게 커튼 속에서 책을 계속 읽다 보니 읽을거리가 점점 줄어들었습니다. 병문안 올 때 가족들이 가져다주거나 언어재활사가 빌려주기도 해서 여러 권 있었지만 그래도 전부 읽어버리고는 해서, 종종 병원 매점을 슬쩍 둘러보러 갔습니다. 그 무렵에는 저의 상태가 한결 호전되어 등받이가 젖혀지는 휠체어에서 일반 휠체어를 거쳐 목발을 짚고 다닐 정도가 되었습니다. 병원 매점에서 파는 읽을거리는 주로 주간지나 스포츠신문, 문고본 시대소설 등이었는데 이따금 의외의 라인업이 섞여 있어서 그런 책을 발견하는 게 좋았습니다. 언젠가는 가도카와분코**의 귀여운 표지를 입고 있는 유메노 규사쿠***의 단편집 『유리병 속 지옥』을 보고 깜짝 놀랐습니다. 그 책을 집어 들자 여러 가지 생각이 머릿속을 빠르게 스쳐 지나갔습니다.

'고전 작품이 매대에 진열된 건 좋지만 유메노 규사쿠는 너무 자극적이지 않나?'

'(병실을 무대로 펼쳐지는 이야기 『도구라 마구라』를 떠올리며) 병실과 유메노 규사쿠라니, 엄청 잘 어울리긴 해.'

'그러고 보니 『유리병 속 지옥』에도 병실을 배경으로 한 위험한 이야기가 수록되어 있잖아…….'

이런 산만한 생각을 재미 삼아 해보며, 예전에는 딴 세상 일처럼 느꼈던 유메노 규사쿠가 그려내는 이야기 속 짙은 그림자를 즐겼습니다. 표제작 「유리병 속 지옥」을 비롯해, 그 시기에는 강한 자극이나 광기를 품은 이야기가 의외로 쉽게 마음속으로 들어오는 것 같았습니다. 번화가의 카페에서 이 책을 읽었다면 이질적이고 이상하다고 느꼈을지도 모르지만, 뜻대로 되지 않는 몸과 마음을 가진 사람들 속에서는 '누구나 병들고 지치고 마음의 균형을 잃을 때가 있어. 그건 그렇게 딴 세상 일이 아니야. 여기에는 실재하는 일이 적혀 있어' 하는 기분이 들었습니다.

입원 중 이렇게 느꼈던 경험 때문에 지금도 저는 무슨 일이 생겨서 병원에 가면 왠지 모르게 마음이 편해집니다. 휴직하고 큰 부상을 입기 전, 저에게 길거리는 무서운 장소였습니다. 저를 제외한 모두가 정상이고, 건강하며, 명확한 목적지를 향해 당당하게 활보하는 것처럼 보여서 어디론가 도망가고 싶었습니다. 병원에서는 그런 느낌이 들지 않았습니다. 천천히 걸어도, 다소 이상한 말이나 행동을 해도 딱히 주목받지 않았고 모두가 저마다의 '뜻대로 되지 않음'을 서로 이해하고 있는 것처럼 보였습니다. 저는 그런 병원 한구석에서 이야기가 비춰내는 그림자를 통해 크림색 커튼 안팎으로 퍼져가는 그림자, 책 속과 책 밖에서 드러나는 인간의 '뜻대로 되지 않음'을 바라보고 있었는지도 모릅니다.

---

* 회전하는 원통 안에 그림을 붙이고 통을 돌리며 바깥의 틈새로 들여다보면 그림이 움직이는 것처럼 보이는 장난감. 영화에서는 소년 시절의 톨킨이 여러 가지 모양으로 뚫려 있는 원통형 갓등을 돌리면 벽에 그 모양들이 나타나 움직인다.
** 일본 출판사 가도카와의 문고본 브랜드.
*** 1920~1930년대에 활동한 일본의 추리소설 작가.

책과 폭력성

모든 것이 평범한 병원과는 달랐다. 오다가 접수처에서 안내를 청하자 마흔 살쯤 되어 보이는 살찐 사무직원이 나왔다.

"당신이 오다 다카오로군. 흠."

그는 그렇게 말하며 오다의 겉모습을 위아래로 훑어보았다.

"뭐, 열심히 치료하게."

대수롭지 않게 말하며 주머니에서 수첩을 꺼내 경찰인 양 철저히 신원 조사를 시작했다. 급기야 트렁크 속 책 제목까지 하나하나 옮겨 적자 아직 스물세 살이었던 오다는 강렬한 굴욕감을 느끼는 동시에, 사회와 완전히 단절된 이 병원에서 어떤 뜻밖의 일이 기다리고 있을지 불안해 견딜 수 없었다.

호조 다미오, 「호조 다미오 단편집」

이는 19세 때 한센병 진단을 받고 전생병원*에 입원해서도 글을 썼던 호조 다미오의 『호조 다미오 단편집』에 수록된 소설 「생명의 초야」 중 한 구절입니다. 도서관 손님이 권한 독서 모임에서 제가 이 구절에 대해 말하자 회원 중 한 명이 "별것 아니라는 듯이 쓰여 있어서 무심코 넘길 수도 있지만, 이건 엄청난 폭력성이 담긴 에피소드네요" 하고 짚어주었습니다. 저는 이 말에 한 방 먹은 듯한 충격을 받았습니다.

「생명의 초야」의 주인공 다카오는 그 뒤 간호사가 소독해야 한다는 이유로 소지품을 마구 뒤지고 강제로 목욕시켜서 더욱 굴욕감을 느낍니다. 목욕이나 소독은 없었지만 책 검열과 소지품 점검은 제가 예전에 정신과 폐쇄병동에 입원했을 때도 경험한 일입니다. 물론 목적은 '소독'이 아니라 환자의 자해와 자살, 치료 방해를 막기 위한 것이었지만 그에 대해 설명을 충분히 들은 것도 아니었습니다. 줄 종류는 압수되었고 뾰족한 물건도 마찬가지였습니다. 양치질용으로 가져간 Y자형 치실은 뾰족한 부분이 모두 잘려서 돌아왔습니다.

독서회 때 한 방 먹은 듯한 충격을 받은 이유는, 눈앞에서 소지품을 뒤지며 "책은 의사 선생님 허가를 받고 나서 보세

요"하며 서적을 임시로 압수당했을 때 왠지 모르게 정상화
편향normalcy bias 같은 느낌으로 스스로를 납득시켰던 것이
생각났기 때문이었습니다. '이런 건 별일 아니야. 상상했던
범위 안의 일인걸' 하고요. 그리고 지금까지도 그때의 기억
을 봉인한 채 잊으려고 했다는 사실을 문득 깨달았습니다.
하지만 거기에는 '엄청난 폭력성'이 존재했고, 그 순간 관리
하는 쪽과 관리당하는 쪽 사이에 지우기 힘든 선이 그어졌
습니다.

저는 관리하는 쪽이 제 눈앞에서 선을 그을 때 아무것도
하지 않았습니다. 오히려 그것을 적극적으로 받아들이려는
마음가짐조차 내비치고 있었습니다. 그것이 폭력성을 시인
하고, 폭력성을 내포한 장소를 강화하거나 함께 구축하는
행동이었다는 사실을 훗날 독서회 때 깨달았습니다. 저는
책을 압수당한 것에 대해 더욱 반발하거나 슬퍼하거나 화
내는 등 제대로 반응해야 했습니다. 제가 그것을 다 이해한
다는 양 잠자코 받아들임으로써 그 폭력성이 다음에 올 다
른 누군가에게도 발현되리라는 점까지 생각해야 했다고 후
회했습니다.

가져간 책은 결국 짧은 입원 기간 중에 "선생님이 안 계
셔서"라는 이유로 쉬이 돌아오지 않았습니다. 소지품 검사

후 하루 이틀이 지나 간호사 스테이션에 가서 "아직 책을 돌려받지 못하나요?" 하고 물었더니, 간호사가 "원래는 선생님 확인을 받아야 하지만……" 하며 책 다섯 권을 내밀었습니다. 저는 그 뒤 눈 깜짝할 사이에 다섯 권의 책을 모조리 읽었습니다. 일시적 압수를 당하지 않은 물건 중에는 친구가 제본해준, 천으로 표지를 감싼 아름다운 노트가 있었습니다. 책을 돌려받기 전에는 그 노트에 침대 주위를 둘러싼 커튼을 스케치하거나 끝없이 곡선을 그렸는데, 책을 돌려받은 뒤로는 책 구절을 옮겨 적기 시작했습니다. 전부 아우슈비츠에서 살아남은 화학자 프리모 레비의 『가라앉은 자와 구조된 자』에서 발췌한 구절이었습니다. "이는 인간 종, 곧 우리는 엄청난 고통을 만들어낼 수 있는 잠재력을 가지고 있으며, 그 고통은 어떤 비용이나 노력도 필요치 않은, 무에서 생겨나는 유일한 힘이라는 것을 증명한다. 보지 않고, 듣지 않고, 아무것도 하지 않는 것만으로도 충분한 것이다"라는 구절을 옮겨 적은 것은 매우 아이러니한 일이었고, "하지만 나는 무엇보다도 내 직업으로부터 한 가지 습관을 얻었다. 곧 우연히 내 앞에 놓인 대상에 절대로 무관심하게 있지 않는다는 것이다"라는 구절은 다시금 마음에 새기고 싶다고 생각하며 책장을 넘깁니다. 프리모 레비는 이 책에서 자신의 아우슈비츠 경험과 그 뒤 삶을 살아가며 느낀 점에 대해 적었습니다. 그리고 이 책을 출간하고 1년 뒤인 1987년에 스스로 생을 마감했습니다.

나치 독일은 1933년 베를린 오페라 광장에서 반독일주의 서적을 불태웠고, 몇 년 뒤에는 그 폭력성을 사람들에게 직접 분출했습니다. '별것 아닌 듯해서 무심코 넘길 수도 있지만 사실은 엄청난 폭력성이 담긴' 일을 시인해버리는 것의 끔찍함을 저 스스로도 더욱 몸속 깊이 새겨 넣고, 더불어 다른 사람에게도 알려야겠다고 생각합니다. 그런 상황에 직면할 때, 예전의 저처럼 그 사실을 깨닫지 못하고 무심코 넘겨버린 뒤에 나중에야 돌이킬 수 없는 후회로 가슴이 타들어가지 않기 위해서라도요.

---

*   과거 일본에서 한센병 환자들의 치료와 격리를 목적으로 설립한 병원.

**   위기나 비상 상황에서 상황의 심각성을 과소평가하는 심리적 경향.

***   한국어판 번역을 인용하였다.(이소영 옮김, 돌베개, 2014)

재회의 시간

　기억의 실을 따라 깊숙이 들어가면, 편협하고 사람들과
잘 어울리지 못하는 어린 제가 역시나 책과 그 주변부에 달
라붙어 시간을 보내는 모습이 떠오릅니다. 담임선생님은
가끔 아이들에게 시를 쓸 기회를 주셨습니다. 그중 몇 편
을 뽑아서 정리한 프린트를 모두에게 나눠주시고는 했지
요. 저는 시 쓰는 것을 좋아했기 때문에 프린트에 자주 이름
을 올렸습니다. 언젠가 빗소리, 숨소리, 심장소리와 시계 소
리가 겹치는 내용으로 「비 오는 날의 시계」라는 제목의 시
를 썼습니다. '비 오는 날 시계 소리를 들어보자' 하고 마무
리되는 그 시가 프린트에 실렸던 것이 기억에 생생합니다.
프린트에 있는 반 친구들의 작품을 읽는 것도 매우 좋아했

는데, 그럴 때면 직접 이야기를 나누는 것보다 그 아이와 더 제대로 마주하는 듯한 기분이었습니다. 평소에는 다른 사람이나 세상과 저의 회로가 연결되는 느낌이 미미했지만, 시와 하이쿠(제가 초등학생 시절을 보낸 효고현 이타미시는 에도 시대의 하이쿠 시인 우에지마 오니쓰라의 고향이어서 하이쿠를 지을 기회가 많았습니다), 독서 감상문만은 때때로 그 회로가 되어주었습니다.

고등학생이 되자 예전보다는 남들과 어울릴 수 있었으나 본질적으로는 여전히 혼자 덩그러니 하루하루를 보냈습니다. 그런 나날 속에서 이따금 회로가 연결되었다고 느끼는 순간은 현대문학 시간이었습니다. 저희 학년을 맡았던 국어 선생님은 두 분이었는데 한 분은 엄격하기로 유명한 O 선생님, 다른 한 분은 온화하고 예술가 같은 면모를 지닌 W 선생님이었습니다. 저는 두 선생님 모두에게서 강한 인상을 받았고, 지금도 수업 시간의 기억이 문득 떠오르고는 합니다.

O 선생님의 수업은 긴장감 넘쳤습니다. 작품에 대한 해석을 학생들에게 물어보고, 엉뚱한 대답을 하면 "아니야" 하고 분명하게 말씀하셨습니다. 선생님과 해석이 다르다는 뜻이 아니라 그 대답이 문장에서 읽어낼 수 있는 해석으로

149

서 성립하는지를 판단하시는 듯했습니다. 저도 나쓰메 소세키의 『몽십야夢+夜』 중 환생을 다룬 제1야에 대해 '끝은 곧 시작이다'라는 어설픈 해석을 적어서 냈을 때 '흥미롭지만 근거가 부족하다'는 평가를 받았던 것 같습니다.

언젠가 미요시 다쓰지의 시 「눈」을 O 선생님의 수업에서 다룬 적이 있습니다. 저에게는 그 시의 해석에 관해 '이런 식으로도 생각해볼 수 있지 않을까?' 하는 아이디어가 있었고, 교무실까지 O 선생님을 찾아가 저의 의견을 말했습니다. 「눈」은 "다로를 잠재우고, 다로의 지붕에……"라는 구절로 시작해 눈이 퍼붓는 밤의 고요함과 그 풍경 속 집에서 잠든 사람들의 따뜻한 정경을 그린 작품인데, 저는 당시 '잠재운다'는 구절이 삶의 마지막은 고요히, 누구에게나 평등하게 찾아온다는 것의 은유적 표현이 아닐까 해서 제 나름대로의 해석을 O 선생님께 말씀드렸습니다. O 선생님은 학생의 서툰 논의도 진지하게 응대해주셨는데, 그 자체로 매우 마음이 든든했던 것을 또렷하게 기억합니다.

다른 한 분인 W 선생님은 최근 친구를 통해 다시 뵈었고, 루차 리브로에도 와주셨습니다. 지금은 교직에서 물러나 악기를 연주하거나 그림 연극을 하신다고 합니다. W 선생님 댁에 친구와 함께 갔을 때는 직접 만든 세트로 그림 연극을 보여주셨습니다. 그런 W 선생님의 수업 중 기억에 선명히 남은 것이 있습니다. 정신적으로 궁지에 몰려 호랑이로 변해버린 어느 시인이 친구와 재회하는 이야기인 나카지마 아쓰지의 「산월기」를 그림 연극으로 만들어보는 수업이었습니다. 반 전체가 그림 연극을 만드는 것은 아니었고, 몇 개의 그룹으로 나누어 과제를 골랐는데 제가 속한 그룹이 그것을 선택했습니다. 시간도 한정되어 있어서 중요한 장면(솔직히 말하자면 그릴 수 있을 것 같은 장면)만 그린, 그림판 수가 적은 그림 연극이 되었습니다. 그래도 동물도감을 보면서 큰 종이에 호랑이 밑그림을 그리고, 다 함께 분담해서 아크릴 물감으로 채색하는 등 상당히 진지하게 과제에 임했던 것 같습니다.

「산월기」는 자기 안에 틀어박혀 다른 사람과 진정으로 교류하지 못하고 어두운 열정만 쌓아가던 저에게 '이대로라면 너도 호랑이가 될 거야'라는 사실을 눈앞에 들이대는 무서운 작품이기도 했습니다. 요즘은 '경계를 넘어 저쪽으로 가버리는 것'에 대한 두려움이 옅어져서 호랑이가 된다 해도 돌아올 수 있을 것 같지만, 당시에는 무서워서 어쩔 줄 몰랐습니다. 지금도 산비탈을 보면 산으로 달려가는 주인공 시인 이징의 모습이 이따금 떠오릅니다. 그 무서움과, 작품의 보편적인 강렬함이 조금이라도 좋으니 어떻게든 그림에 표현되기를 바라며 필사적으로 붓질을 했습니다.

W 선생님과 다시 만났을 때, 선생님이 교직에서 은퇴한 지금도 그 그림 연극 세트를 소중하게 보관하고 있다고 말씀하셔서 깜짝 놀랐습니다. 선생님 댁을 방문했을 때는 깔끔하게 보관된 작품을 보여주셨습니다. 기묘하게도 저는 '재회의 이야기'와 재회한 것입니다. 그때 필사적으로 놀린 붓 자국이 그대로 드러난 채 시간이 멈춰 있었습니다. 책과 그 주변부에 달라붙어 있었던 제가, 붓 자국을 따라서 빛 쪽으로 뛰어든 것만 같았습니다.

어째서 이토록 풍경이
싱그러운 것일까

2015년 부상으로 입원했을 때 가져간 스케치북이 벽장에 있길래 빨간 천 표지를 넘겨봤습니다. 습기로 내용물이 망가지지 않았을까 불안해하며 넘겼는데, 병원에서 보낸 고요한 시간을 가두어둔 것처럼 하얀 종이는 원래의 모습을 간직하고 있었습니다. 저 멀리 보이는 거리의 희미한 풍경 말고도 여러 번 반복해서 그린 대상은 병원 복도의 창문에서 보이는 녹나무와 가로수로 심겨 있던 미국산딸나무였습니다. 연필로 흐릿하게 밑그림을 그리고 수채화물감으로 색칠한 나무들의 모습을 보고 있자니 문득 소설가 우메자키 하루오의 말이 머릿속을 스쳤습니다.

어째서 이토록 풍경이 싱그러운 것일까.

우메자키 하루오, 「사쿠라지마」「사쿠라지마·하루의 끝·환상의 꽃」

후쿠오카에서 태어난 작가 우메자키 하루오가 해군에서
의 경험을 토대로 쓴 「사쿠라지마」는, 보즈 지역에 부임해
있던 주인공 무라카미 부사관이 죽음의 땅 사쿠라지마로
가지만 특공 출격 전에 패전을 맞이한다는 이야기입니다.
출격을 각오하며 팽팽하게 당기고 있었던 긴장의 실이 끊
겨 마음의 균형이 무너져가는 상관, 기라 준사관과 보내는
긴박한 시간이 인상적인 작품이지요. 앞서 인용한 "어째서
이토록 풍경이⋯⋯"라는 구절은 무라카미 부사관이 느긋한
시간을 보냈던 보즈를 떠날 때 보즈의 풍경을 새삼 둘러보
며 떠올린 생각이었습니다. 고등학생 시절 교과서에 실려
있던 「사쿠라지마」의 이 한 줄을 읽고 보즈의 산뜻한 풍경
을 한번 보고 싶다고 생각했습니다. 하지만 설령 그때 제가
보즈에 갔더라도 「사쿠라지마」의 주인공만큼 풍경을 싱그
럽게 느끼지는 못했겠지요. 그런데 병원에서 저는 분명 무
라카미 부사관이 보즈에서 본 것과 같은 풍경을 창문 너머
로 봤습니다. 그렇다면 그 시기의 제가 창문 안쪽에서는 어
떤 풍경을 봤을까요.

입원 중 제 옆 침대에 있던 할머니는 낮에는 남편이 와서 담소를 나누며 안정된 모습을 보였습니다. 남편은 매우 상냥했고, 늘 할머니의 식욕을 돋울 만한 먹거리를 가지고 병실을 찾아왔습니다. 하지만 밤이 되어 남편이 돌아가고 취침 시간이 되면 할머니는 쓸쓸해지는지 "여보" 하고 연신 불렀습니다. "여보, 등 긁어줘", "여보, 배고파"라는 일상적인 말이, 밤이 깊어지면 점차 "여보, 죽고 싶어", "여보, 도와줘" 하는 절박한 외침으로 바뀌었습니다.

맞은편 침대의 할머니는 단정하고 세련된 분이었습니다. 세상을 떠난 남편의 사진을 지니고 다니다가 가끔 간호사에게 보여주었습니다. 간호사가 사진을 들여다보며 "아버님 참 멋지시네요" 하고 칭찬하면 그때만큼은 매우 기뻐했습니다. 건강 문제도 있어서 집으로 돌아가 생활하기가 어려웠는지 여러 병원을 옮겨 다니고 있었습니다. 간호사에게 "다음번 ○○ 병원에는 가기 싫어", "○○ 병원에 가면 머리가 이상해질 거야" 하고 호소하기도 했습니다. 그 할머니에게는 이따금 문병객이 왔습니다. 친척인 듯한 그 남자는 어째서인지 늘 할머니에게 화를 냈습니다. "○○ 병원에는 가기 싫어"라는 호소에 대해서도 "고집부리면서 귀찮게 하네, 정말" 하고 험하게 대꾸했고, 그러면 할머니는 잠자코

입을 다물었습니다. 할머니와 그 남자 사이에 여러 일이 있었겠구나, 하고 느끼는 한편, 남편 사진을 부적처럼 소중히 여기는 모습을 떠올리면 목이 메어왔습니다.

창가 쪽 침대 옆에는 아침 식사 시간이면 벌써 앉아 있는 보호자 남성이 있었습니다. S 씨였습니다. S 씨는 움직이지도 못하고 말도 못하게 된 아내 곁을 항상 지키는 사람이었습니다. 매우 성실하고 친절해서 같은 병실에 입원한 환자들에게도 신경을 써주거나 가끔 이야기를 들어주었습니다. 부상을 입은 이후 재활치료를 통해 제가 처음으로 목발을 짚고 일어설 수 있었을 때는 "이제부터 점점 좋아질 거야" 하고 격려해주었습니다. 그런 S 씨가 언젠가 아내가 아프게 된 경위를 드문드문 이야기해주었습니다. 뇌수술이 실패했다고 했습니다.

"아내는 수술하기 싫어했어. 그래도 난 의사선생님이 수술을 하자니까, 애써 달래고 동의서에 사인도 해버렸지. 그렇게 싫어했는데."

S 씨는 저를 격려해주었지만 저는 그에게 아무 말도 하지 못했습니다. 그저 매일 아침부터 저녁까지 아내 곁을 지키는 S 씨의 하루하루의 모습이 겹쳐져 하나가 된 듯한 느낌이 들었습니다.

거듭 말하지만 저는 평소 책이 '창문' 같다고 생각합니다. 문처럼 곧장 다른 세계로 이어지는 장치는 아니지만 지금 여기, 예컨대 이 크림색 커튼으로 뒤덮인 병실과는 다른 세계가, 햇살이 비치고 녹나무가 힘차게 가지를 뻗는 「사쿠라지마」 속 보즈 같은 풍경이 있다고 알려주는 것이 '창문'입니다. 이 비유를 다른 사람에게 말하면 "아니, 책은 문이야. 분명 문이기도 해"라는 반응이 되돌아오는 경우가 있습니다. 그것도 맞는 말이라고 납득하면서도 그렇다면 제가 책에 대해 가지고 있는 '창문'의 이미지는 어디에서 왔는지 생각하던 중, 우연히 앞서 언급한 스케치북을 발견했습니다.

책을 만난 시절의 저, 어릴 적 저는 병원에서 만난 사람들이나 입원 시기의 저와 마찬가지로 '다른 장소로 갈 수 없는 단절된 세계에 있다'는 감각에 강하게 사로잡혀 있었습니다. 의사소통이 잘 되지 않는 가정과 학교에서, 그래도 여기서 어떻게든 살아가야 한다는 답답함을 느꼈습니다. 그래서 창밖 풍경에 강렬하게 매료되었고, 「사쿠라지마」의 무라카미 부사관처럼 "어째서 이토록 풍경이 싱그러운 것일까" 하고 느끼며 그곳에 보이는 나무들의 가지와 잎 하나하나를 필사적으로 그렸던 게 아닐까 싶습니다.

그렇게 입원했을 때의 저와 책을 읽기 시작하던 무렵의

저를 겹쳐서 생각해봅니다. 그리고 그것이 당시의 저를 구해줬다고도 느낍니다. '창밖 풍경'은 금방 바깥 세계로 뛰어나갈 수 있는 문보다는 못할 수도 있지만, 그 방에서 나가지 못하는 사람에게도 영향을 끼친다면 엄청난 힘을 지니고 있는 것이 아닐까요. 지금 저는 문을 열고 여러 장소로 나갈 수 있지만, 제 마음속에는 어린 시절의 저와 그 병실의 사람들이 앉아 있습니다. 창밖의 싱그러운 풍경이 모쪼록 그들을 밝게 비춰주기를.

이정표가 된다는 생각으로

　대학도서관에서 일하던 시절부터 지금까지, 도서관에 온 사람들을 잘 지원하지 못했구나 하고 후회할 때가 종종 있습니다. 원하는 책을 찾아주지 못한 사람, 오해가 있어서 이제는 도서관에 오지 않게 된 사람, 기증을 거절했더니 충격을 받은 사람 등 여러 경우가 있었습니다. 그중에는 어려움을 겪는 중이어서 주위를 잘 볼 수 없게 된 사람도 아마 있었을 터라, '내가 할 수 있는 일이 더 있지 않았을까?', '지원에 대한 나의 고민이 부족했던 게 아닐까?' 하고 생각하기 시작하면 후회가 한층 깊어집니다.

　(지원자 쪽에서 봐도, 당사자 쪽에서 봐도) 원래 지원이 필요한 사람일수록 본인을 지원으로 잘 연결시키지 못하거나 연결

되지 않는 법입니다. 이런 생각을 할 때 펼쳐보고 싶은 책이 있습니다. 스즈키 다이스케의 『뇌는 회복된다: 고차뇌기능장애로부터의 탈출』입니다. 르포라이터인 저자 스즈키 다이스케는 마흔한 살에 뇌경색으로 쓰러지고, 재활치료를 거쳐 일상으로 복귀하지만 이번에는 고차뇌기능장애 증상에 시달립니다. 이 책은 신경 쓰이는 것에서 시선을 떼지 못하거나 기분 전환이 잘 되지 않거나 인파 속에서 걸어갈 수 없는 등의 어려움을 껴안고 지내면서도 비약적인 회복을 이루어내는 과정을 때로는 정면에서, 또 때로는 웃음이 피식 나는 아내와의 일상 속 시점에서 전해줘서 병과 장애와 더불어 살아가는 삶에 대해 깊이 있게 이해할 수 있도록 도와줍니다. 그중 '청년층의 빈곤'을 취재해온 저자의 취재 대상자에 대한 이야기가 있습니다.

수많은 당사자를 취재하면서 내가 내린 한 가지 결론은 '가장 어려운 사람들은 보이지 않는 곳에 있다'였다. 힘듭니다, 도와주세요, 하고 소리 내어 적절한 상대에게 전할 수 있는 사람은 그나마 괜찮은 축이다(아니, 괜찮지는 않지만).
하지만 가장 문제인 것은 이런 사람들이다.
실제로는 힘들지만 자신이 힘들다는 사실을 스스로 이해하지 못하는 사람들.

힘들다고 소리 내어 말할 수 없는 사람들.

다른 이들에게 힘들다고 전할 언어나 능력조차 잃어버린 사
람들.

고통이나 가난을 잘못된 방법으로 스스로 해결하고 있는 사
람들.

지원의 손길을 내미는 이가 있어도 거부하는 사람들.

……놀랍게도 그들 대부분은 많은 경우 '지원해야만 하는 사
람들'처럼 보이지 않는다. 실제로 그렇게 보이지 않을뿐더
러, 전혀 불쌍해 보이지도 않는다.

스즈키 다이스케, 『뇌는 회복된다: 고차뇌기능장애로부터의 탈출』

저자는 그들을 취재하면서 그들에게서 뚜렷하게 보이는
다양한 '장애'의 징후를 무시할 수 없어졌다고 연이어 서술
합니다. 그리고 고차뇌기능장애를 겪으며 비로소 그들의
마음을 알게 되었다는 사실을 깨닫습니다.

도서관에서 지원 관계를 제대로 만들지 못했을 때도 문
득 이 이야기가 떠올랐고, 저 자신의 이야기로 읽힐 때도 있
습니다. 저는 30대 중반까지 정신장애를 가지고 있으면서
도 적절한 지원이나 의료서비스와 연결되지 못했습니다.

161

저자는 그들이 "불쌍해 보이지 않는" 것에 대해 "우선 약속을 지키지 않고, 본인이 한 약속도 태연하게 잊어버린다. 상대방의 입장에서 남의 기분을 생각하는 습관이 없어서 자기중심적으로 보인다. 불평불만이 많다. 금방 남 탓을 한다. 사람을 믿지 않고 배신한다. 말에 맥락이 없고 성격이 급하며 곧잘 언어 대신 폭력을 커뮤니케이션의 수단으로 삼는다. 자기 관리에 서투르고 침착성이 없으며 칠칠치 못하고 불결한 경우도 있다. 장래를 위해 지금 해야 할 일은 일단 무조건 뒤로 미루고, 충동적으로 지금의 쾌락을 우선시한다"고 썼는데, 이는 금세 진절머리를 내며 통원을 중단하거나 의사를 자주 바꿔대고, 주위 사람들에게 불안정한 태도를 보이던 저 자신에게도 잘 들어맞는 설명이라고 느꼈습니다. 괴롭기는 하지만 좀처럼 지원자를 믿으며 의지할 수 없었고, 멋대로 회로를 닫아버리거나 거리를 두는 것을 반복했습니다. 또 그것을 '내가 상대를 신뢰하지 못하는 탓'이라고는 인식하지 않았고, '더 신뢰하도록 만들어주지 않은 상대가 나빠' 하는 정도로 생각했습니다. 그런 상태에서 남편의 뒷받침으로 조금씩 변화해나갔고, 지금은 의사나 지원자와도 안정된 관계를 구축하여 겨우 '지원해야 하는 사람'으로 보이게 되기는 한 것 같습니다.

이런 경위가 있었기 때문에, 어려움을 겪는 듯한 사람을 잘 지원하지 못하면 과거의 자신을 돕지 못한 것만 같은 착각에 빠져서 꽤 오랫동안 후회하는 경우가 있었습니다. 하지만 그런 마음을 달래주는 글을 만났습니다. 나카이 히사오의 『세상에 사는 환자』 속 한 구절이었습니다. 이 책에는 정신과의사 나카이 히사오가 환자들의 다양한 증상을 관찰하며 치료자와 환자가 같은 사회 속에서 살아간다는 것에 대해 고찰한 생각들이 담겨 있는데, 이 또한 병과 장애와 함께 살아간다는 것이 무엇인지 깊이 생각하게 해줍니다.

아마도 '이 환자는 내가 고쳐야지'라는 생각은 어떤 면에서 의사의 오만일 것이다. 아동정신과의사 다키카와 가즈히로가 지적한 대로, 환자는 많은 치료자를 만나는 과정에서 점진적으로 낫는 경우가 종종 있다. 세균이 인체를 수차례 통과하며 약해지는 것과 비슷하다고나 할까. 반드시 내가 이 환자의 치료자가 되겠다며 지나치게 애쓰면 환자는 구속감을 느껴 자살의 길로 들어설 수도 있다. ……치료자 역시 적어도 스스로 자신을 구속하지 말고, 환자가 자신과 보내는 시간이 환자의 마음속 여정에서 이정표가 된다는 정도로 생각하는 편이 좋다. 그렇게 생각하다 보면 언젠가 자신을 떠난 환자가 다른 치료자를 만나서 낫고 있다는 바람의 전언을 듣기도 한다. 나는 그런 열린 결말 형태의 치료라도 괜찮다고 본다.

나카이 히사오, 「세상에 사는 환자」

저 역시 여러 장소와 사람, 책을 거치며 강물에 떠밀려 모서리가 깎여 둥글게 변해가는 돌처럼 껴안고 있던 어려움이나 지원과 연결되기 힘들었던 부분이 조금씩 해소되었다고 느낍니다. 그래서 루차 리브로의 활동을 통해 누군가를 지원할 때도 이곳만이 유일한 지원 장소이며 여기서 모든 것을 받아주겠다며 애쓰기보다, 누군가의 마음속 여정에서 이정표가 된다는 생각으로 강물에 떠내려가는 돌이 살며시 부딪히는 바위처럼 사서 자리를 지키면 된다고 생각합니다.

그래도 후회하기도 하고, 또다시 책의 도움으로 어떻게든 앞으로 나아가기도 합니다. 어째서 그렇게까지 해서 다른 사람과 세상에 영향을 끼치려고 하는지 스스로 의아해할 때도 있습니다. 그 모순을 대변해주는 듯한 대사가 야마시타 도모코의 『위국일기』에 나옵니다. 이 만화책은 사고로 부모를 잃은 소녀 아사가 소설가인 이모 마키오와 함께 살면서 성장해나가는 모습을 그린 휴먼드라마인데, 각 인물의 섬세한 감정선이 일상적인 말과 표정으로 세밀하게 묘사되어 있어 시점을 바꿔가며 몇 번이든 다시 읽고 싶어지는 작품입니다. 아사의 후견인이자 인간관계에 서툰 변호사 도노가 마키오에게 전화로 이런 말을 합니다.

> "근본적으로 공감 능력이 부족한 제가 다른 사람과 관계 맺기를 바라는 것 자체가 엄청난 오만이 아닐까 싶어요."
>
> "……아아, 비슷한 두려움을 저도 느껴요."
>
> "하지만 '그래도', '그래도', '그래도', '그래도'라고, 그렇게 생각해요."

야마시타 도모코, 『위국일기』

도노의 이 말은 그의 캐릭터상 조금 의외였습니다. 도노는 서툰 일에 도전하기보다 '저 녀석은 원래 그래' 하며 받아들여질 때까지 자기 자신을 고수하는(오히려 그런 식으로밖에 행동하지 못하는) 타입으로 보이는데, '그래도' 다른 사람과 관계를 맺고 싶다고 생각한다는 것에 가슴이 뭉클해졌습니다. 그리고 이 말을 들은 마키오 역시 '그래도' 소설을 써서 다른 사람에게 영향을 끼치고 있구나 하고 생각했습니다.

저 또한 '그래도', '그래도', '그래도', '그래도' 책을 통해, 도서관을 통해 사람들과 세상에 계속 영향을 끼치고 싶습니다. 그것이 저에게는 저의 일을 다하는 것이며, 그 일은 살아가는 것과도 겹치는 부분이 있기 때문입니다.

저주의 말, 희망의 말

 직장을 다닐 때는 "……해야 해"가 입버릇이었고, 마음가
짐으로 많은 것이 해결된다고 보는 근성론적, 정신론적 사
고방식을 가지고 있었습니다. 그런 식이었으니 다른 사람
에 대해서도 '더 노력하면 좋을 텐데', '이렇게 해야 하는데
그렇지 않네' 하는 시선으로 바라봤던 듯합니다. 상대가 실
수했을 때 다음에는 되풀이하지 않도록 함께 고민해줬다면
좋았을 것을, "절대로 실수하지 않겠다는 마음으로 업무에
임하세요" 같은 엉뚱한 조언을 해버리고는 했습니다.

 물론 그런 사고방식은 저 자신에게도 강하게 작용해서
스스로를 단단히 옭아매고 있었습니다. 경제학자이자 사회
학자인 우에니시 미쓰코가 쓴 『저주의 말을 푸는 방법』이라

는 책이 있습니다. 현대 사회는 우리의 생각과 행동을 안 보이는 곳에서 얽매거나 유도하는 '저주의 말'로 가득합니다. 그런 성가신 말의 속박에서 벗어나려면 어떻게 해야 할까요? 이 책은 '저주'의 구조를 섬세하게 풀어내며 그 힌트를 주는데, 읽다 보면 마음이 가벼워지고 자유로워지는 기분이 듭니다.

책에서 '저주의 말'의 예시로 등장하는 것 가운데 "젊음은 하나의 가치라고 생각합니다"가 있습니다. 드라마로 만들어져 화제를 모았던 우미노 쓰나미의 만화 『도망치는 건 부끄럽지만 도움이 된다』에서 쓰치야 유리에게 이가라시 안나가 한 말입니다.

결혼도 출산도 하지 않고 커리어를 쌓아온 유리는 자식뻘만큼 나이 차이가 나는 가자미 료타에게 연애 감정을 고백받고 마음이 움직이지만, 자신의 나이를 생각해 그 마음을 받아줄 수 없다고 답한다. 그런 사정을 모르는 이가라시 안나가 가자미의 연인이 되고자 유리에게 다가가 이렇게 말한다.
"역시 젊음은 하나의 가치라고 생각해요."
쉰 살에 가까운 유리를 압박하는 말이다.
이에 대해 유리는 "저주구나" 하고 응수하며 이어서 이렇게 말한다.

"그건 자기 자신에게 저주를 거는 것이나 마찬가지야. 네가 가치 없다고 여기는 건 앞으로 너 자신이 향해 갈 미래거든. (……) 너의 미래는 누군가의 현재이거나 과거니까."

유리는 이가라시가 한 저주의 말에 얽매이지 않는다. 오히려 유리를 억압하려고 하는 이가라시에게 그것은 '저주'라고 알려준다. 저주의 말로 상대를 지배하려 드는 구조를 가시화한다. 게다가 "네가 가치 없다고 여기는 건 앞으로 너 자신이 향해 갈 미래거든" 하고 그 저주를 상대에게 되돌려준다.

우에니시 미쓰코, 「저주의 말을 푸는 방법」

유리는 이 말을 이가라시에게 함으로써 자신에게 스스로 건 저주까지 푼 것이 아닐까요. 나이 차이를 신경 쓰며 가자미에게서 물러나버린 것은 이가라시의 주장과 맞닿아 있는 행동이라고 생각했던 게 아닐까요.

유리의 이야기에서 또 다른 책이 머릿속을 스칩니다. 소설가 모리타 다마의 『초대받지 못한 손님』입니다. 단편소설집인데, 여성의 삶을 생생하게 드러낸 작품이 줄줄이 나와서 다 읽고 난 다음에는 같은 여자로서 날카로운 일격을 당한 듯한 느낌을 받았습니다. 표제작 「초대받지 못한 손님」

은 미쓰코와 기쿠코라는 자매의 이야기입니다. 미쓰코는 아버지의 외도로 생긴 딸인데 어릴 때는 어머니와 함께 살았습니다. 따로 살던 시절부터 동생 기쿠코는 언니 미쓰코에게 일부러 "유곽에서 샤미센'이나 연주하는 사람의 아이가 우리 집 인형을 더럽혔네"라고 말하는 등 심술궂게만 대했습니다. 어머니의 죽음으로 미쓰코가 기쿠코의 집에 들어온 뒤에도 미쓰코가 달, 기쿠코가 태양 같은 관계는 계속됩니다. 미쓰코는 스스로에 대해 "초대받지 못한 손님이라는 말이 있지요. 저는 저 자신을 인생에서 초대받지 못한 손님이라고 늘 생각해왔어요"라고 말합니다.

그러던 어느 날 유모에게서 받은 편지로 상황이 바뀝니다. 놀랍게도 기쿠코 역시 아버지와 어머니 사이에서 태어난 아이가 아니라 어머니가 고용인과 통정해서 낳은 아이, 즉 '초대받지 못한 손님'이었던 것입니다. 이후의 전개는 자세하게 묘사되지 않지만, 기쿠코가 이제껏 출신 성분을 방패 삼아 미쓰코를 지배하고 상처주고 억압해왔던 것이 전부 자신에게 되돌아오리라는 점은 불 보듯 뻔합니다. 어떤 면에서는 무서운 이야기인지도 모릅니다.

"……해야 해"가 입버릇이었고, 마음가짐으로 많은 것이 해결된다고 보는 근성론적, 정신론적 사고방식을 가지고 있었던 저는 이 이야기들처럼 제 입에서 나온 저주의 말이 전부 저에게로 되돌아오는 것을 현실에서 경험했습니다. 이직을 계기로 직장에서 가만히 있는 것조차 할 수 없게 되었습니다. 호흡이 거칠어지고 머릿속에서 위험을 알리는 경고음이 계속 울려서, '바람직한 사회인상'과는 동떨어진 모습으로 그곳에서 도망쳐 휴직에 들어갔습니다. 휴직 중에는 '노력이 부족해', '사회인이라면 아침에 출근해야 하는데 나는 그렇지 않아', '절대로 실수하지 않겠다고 다짐했는데' 하는 식으로, 남에게 했던 말이 고스란히 되돌아와 저를 괴롭혀서 어디로도 도망갈 수 없는 상태가 되었습니다. 무엇보다 그 말을 한 사람은 저 자신이었으니까요. '남 잡이가 제 잡이'란 바로 이런 경우구나 하고 몸소 통감했습니다.

이런 쓰라린 경험을 통해 깨달음을 얻은 저는 다른 사람과 자신을 속박하지 않고 오히려 자유를 얻어서 성장할 수 있는 말, 저주를 풀어 밝고 트인 곳으로 나갈 수 있는 말과 생각을 매일 찾고 있습니다. 내뱉어버린 저주의 말을 온몸으로 되돌려받은 뒤, 희망의 말이 샘솟기를 간절히 바라면서요.

---

*   일본의 전통 현악기.

3

치유의 독서

들쭉날쭉하게 살아가기

언젠가 지능 수준과 발달 수준을 조사하는 심리검사를 했습니다. '전체적인 능력은 평균치이나 과제에 따라 편차가 있다'는 결과가 나왔습니다. 딱히 놀랍지는 않았지만, '귀로 정보를 받아들이는 것이 서투르다'는 대목만은 묘하게 납득이 갔습니다. 전화 통화나 남의 이야기 듣기를 잘하지 못한다고 생각했기 때문입니다. 저의 발달 정도는 항목에 따라 들쭉날쭉한 듯합니다.

생각해보면 어릴 적부터 낯선 환경에서는 상황 판단을 적절하게 내리지 못하거나, 많은 사람들이 알아채는 것은 놓치는데도 아무도 신경 쓰지 않는 것에는 집착했습니다. 주변 사람들이 보기에는 정말로 요령이 없고 어째서 그렇게 행동하는지 상당히 이해하기 어려운 아이였을 것입니다. 실제로 저는 다른 사람들이 초인 같았습니다. 성인이 된 후에도 아르바이트를 할 때 다른 사람과 같은 순서로 일해야 한다거나 지시받지 않은 일도 눈치껏 해야 하는 상황이 괴로웠습니다. "애도 아니고, 지시가 없어도 알아서 움직여야지. 더 잘 살펴봐", "그렇게 해서는 출세 못 할걸" 하며 핀잔을 들을 때도 있었습니다.

하지만 저는 애초에 왜 모두 같은 순서로 그 일을 해야만 하는지 도무지 이유를 알 수 없었습니다. 이유를 알지 못하는 채로 어떤 일을 고스란히 받아들여야 하는 것은 숨이 막힐 정도로 몹시 고통스러웠습니다. 그렇다고 이유를 물어볼 정도의 용기도 없었습니다.

이런저런 일을 겪은 뒤 저의 들쭉날쭉한 능력치를 그래프로 보니 여러 가지가 납득되었습니다. 심리검사 선생님은 치료를 받아서 고쳐나가기보다 환경을 바꾸거나 자기만의 방식을 궁리해서 대응하면 어떻겠느냐고 했습니다. 그말을 들은 순간, 왠지 모르게 후지 마사하루의 전쟁터 생활 신조가 벼락처럼 머릿속에 떠올랐습니다.

도쿠시마현 출신으로 오사카의 대나무 숲에 집을 지어 '대나무 숲의 은둔자', '대나무 숲의 현인'이라고 불렸던 작

176

가 후지 마사하루는 전쟁 중 여러 해 동안 대륙의 전선에서 생활했습니다. 그때 다음과 같은 전쟁터 생활신조를 만들었다고 합니다.

그러나 내지에서 살 때도 삶의 의미다운 것을 무엇 하나 찾을 수 없었던 내가, 출발을 앞두고 반드시 살아서 돌아와주마 하고 결심한 것은 무엇에 대한 반발일까. ……그리고 출발에 임하여 내가 세운 전쟁터 생활신조는 다음과 같다.

전시 강간은 하지 않는다. 슬프거나 괴롭거나 힘들 때도 잘 먹는다. 기쁠 때(그럴 일은 전혀 없겠지만)도 잘 먹는다.

전시 강간을 하지 않겠다는 이 결심은 1부터 3까지의 이야기 후에 내가 내린 결론이기는 하지만 결코 윤리가 아니다. 오히려 취향이라 해야 할 것이다. 나는 나의 이 결심과 규정을 어느 정도 지켰다. 그리하여 지금, 1950년인 지금 살아서 일본에서 소설을 쓰고 있는 것이다.

후지 마사하루, 『후지 마사하루』

* 이 장 앞에서는 후지가 전시 강간을 가까이에서 보고 듣는 내용이 나옵니다.

뒷날 후지는 "이 허무적으로도 보이는 시각만이 나를 지탱하고 있었다"고 말합니다. 상명하달이 당연한 전쟁터에서 이러한 신조를 지키는 일은, 후지의 담담한 어투에서 느껴지는 것보다 훨씬 힘든 실천이었겠지요. 저는 실제 전쟁터에 있는 것도 아니고 그저 '삼나무 숲의 평범한 사람'일 뿐이지만, 들쭉날쭉한 저로 살아감에 있어서 후지의 신조에 깊게 공감했습니다.

그는 남들과 다른 시선을 가진 탓에 결코 출세는 하지 못할 수도 있지만, 자기 나름대로 마음속에 그리는 '인간'이고자 했던 것이 아닐까요. 후지는 이에 대해 "결코 윤리가 아니다. 오히려 취향이라 해야 할 것이다"라고 썼습니다. 후지는 전쟁터에 있든 대나무 숲에 있든 변하지도 않고 바꿀 수도 없는 사람의 그릇이랄지 바탕 같은 것을 갖추었던 듯합니다. 본인 역시 이렇게 썼습니다.

이런 나의 둔감함, 냉담함, 닥치기 전까지 깨닫지 못하는 태평함 같은 성질은 전쟁이 끝난 후에 표면으로 드러났지만 실은 전쟁 중에 길러진 것이 틀림없다는 느낌이 든다.

후지 마사하루, 『후지 마사하루 작품집』

저도 출세하지 않아도 좋으니 다른 사람을 억눌러서 자신의 가치를 느끼거나 난폭하게 상대를 시험해보려고 하는 관계로부터 거리를 좀 두고, 제 나름대로 마음속에 그리는 인간이 되고 싶습니다(애초에 '출세出世'란 무엇인지 문득 궁금해집니다. 세상에는 이미 태어나 있는걸요). 또 이번에는 이유를 알 수 없는 것을 알지 못한 채로 고스란히 받아들이지 말고, 후지처럼 제 나름의 신조에 따라 움직여보고 싶습니다. 전쟁터에서도 변하지도 않고 바꿀 수도 없는 바탕은 이제부터 책을 많이 읽으며 연마해보기로 하고, 앞으로도 삼나무 숲에 틀어박혀 있겠지만요.

글쓰기의 치유성에 대해

문장을 쓸 때 떠올리는 광경이 있습니다.

여러 사람이 회의실의 긴 책상에 둘러앉아 활발하게 이야기를 나누며 다양한 말로 화이트보드를 채워나가는 광경입니다. 이는 제가 2018년에 참여한 인지행동치료의 접근법을 따른 그룹 활동인 자존감 회복 프로그램SEP의 한 장면입니다. 이 활동의 내용을 간단히 설명하자면, 참가자 중 누군가의 일상 속 고민에 대해 그 사람의 마음이 편해지는 부적 같은 말을 모두 함께 제안하는 것입니다. 거기서 나온 몇 가지 후보 중에서 당사자가 하나를 골라 수차례 소리 내어 말하며 몸에 스며들게 하는 것까지가 한 세트입니다.

예컨대 '주위 사람들은 모두 완벽한데 나만 엉망인 것 같아서 괴롭다'는 고민에 대해서는 다음과 같은 말이 화이트보드를 채웠습니다. "딱히 완벽하지 않아도 괜찮아", "사실은 모두가 완벽하지 않아", "당신은 엉망이 아니야" 등등. 내일을 살아가는 데 도움이 되는 말을 이렇게 다채롭게 여러 각도에서 제안받는 경험은 흔치 않을 거라고 느꼈습니다.

저도 이 활동에서 도움을 받았습니다. '앞으로의 인생이 막연히 불안하다'는 고민에 대해 다양한 각도에서 많은 말을 건네받았습니다. "지금을 소중히 여기면 돼", "기댈 수 있는 사람을 찾자", "긍정적인 시뮬레이션을 해보자" 등등 저 혼자서는 생각지도 못했던 말을 잔뜩 만났고, 그것은 지금도 마음 든든한 경험으로 기억에 남아 있습니다. 또 참가자들의 배경이 저와 비슷해서 다른 사람의 고민도 큰 도움이 되었습니다.

지금 글을 쓰고 있자니 그 회의실의 활동을 머릿속에서 혼자 하는 기분이 듭니다. '이 막연한 불안에서 내가 편해질 수 있는 말은 무엇일까?'라는 질문에 대해 여러 명의 제가 다양한 말을 제안해 화이트보드를 채웁니다. 화이트보드를 바라보며 이야기를 나누다 보면 점점 말이 추려집니다. 그리고 저는 그것이 왜 저의 부적이 되는지에 관한 설명과 함께 그 말을 제시하고 싶기 때문에, 한 마디면 끝날 말이 이렇게 긴 문장이 되고 맙니다.

　그룹 활동이 끝나자 강사가 "살아 있는 한 또다시 힘든 때가 올 테니, 이 활동을 계속하며 스스로를 치유해나가는 편이 좋아요"라고 말했습니다. 글쓰기는 이 그룹 활동을 제 나름대로 계속해나가는 방법입니다.

　또 느닷없지만, 멕시코인 친구의 요청으로 작년에 처음으로 소설을 썼습니다(스페인어로 번역되기도 했습니다). 소설을 집필할 때는 머릿속 그룹 활동과는 다른 방법을 썼습니다. 이 역시 심리치료에서 배웠는데, 인지 왜곡의 근원으로 여겨지는 일화를 떠올리고 거기에 '이런 식으로 지켜주는 사람이 있었다면 좋았을 텐데' 싶은 영웅 같은 이를 등장시키는 방법이 있다고 합니다. 그렇게 함으로써 그 일화를 다시 체험하면 왜곡이 교정된다고 들었습니다. 저는 이 방법을 소설로 써봤습니다. 주위 사람들과 잘 어울리지 못하는 과거의 저 같은 아이를 주인공으로 삼고 마음이 통하는 어른을 등장시키는 것입니다. 대개 실재 인물이 모델인데, 모두 '내가 편협하고 다루기 힘든 아이였던 시절에 이런 사람이 곁에 있었다면 좋았을 텐데'라는 생각이 드는 분들입니다. 그래서 이분들에게 이야기 속에서나마 영웅 역할을 맡겼습니다.

소설을 써달라는 요청은 앞으로도 있을 듯해서, 제가 힘들었던 상황을 떠올리며 그 속의 저를 시원스레 구해줄 영웅을 계속 생각해보려고 합니다. 참고로, 처음 쓴 이야기는 학교에서 구토하고 뛰쳐나온 아이를 우연히 만난 안면 있는 목수가 보호해주고, 학교에 연락한 뒤 아무것도 묻지 않고 집까지 데려다준다는 내용이었습니다. 벌어진 사건은 매우 소소하지만 스페인어로 번역된 이 소설을 읽고 멕시코 사람들의 마음이 움직였다고 들어서 앞으로도 역시 아이와 그 아이를 도와주는 누군가의 이야기를 쓰고 싶어졌습니다. 어린아이를 구하는 영웅이라면 좋겠습니다.

이런 작업들을 하다 보면 읽는 것도 치유지만 쓰는 것도 치유라는 생각이 듭니다. 저는 오늘도 그 그룹 활동처럼 저를 살게 하는 말을 저 자신을 총동원해서 찾고 있습니다. 그것이 누군가를 살게 하는 말도 된다면 그보다 기쁜 일은 없겠지요.

'모른다'는 희망

어떤 기획의 운영회의에 참석해 의견을 나눌 기회가 있었습니다. 그 회의에서 "저는 ○○에 대해 아는 게 없어서 모르겠어요"라거나 "그런 사고방식은 잘 모르겠군요"라는 발언이 드문드문 나왔습니다. 저에게는 그 '모른다'가 꼭 대화를 중단하기 위해 하는 말 같았습니다. 적어도 그 자리에서 모른다고 말한 사람은 '모르니까 알고 싶어. 더 자세히 듣고 싶어' 하는 느낌이 아니라 '몰라서 슬슬 불안해지니까 이 이야기는 끝내자'는 쪽에 가까웠던 듯합니다. 또 재미있게 읽은 책의 리뷰를 살펴보면 작품의 문화적 배경과 역사, 각 인물의 감정 흐름, 설정과 전개 등 온갖 것에 대해 '모르겠다'는 코멘트가 많습니다. 그 '모른다'에는 거부나 부정의 의미가 담겨 있는 것처럼 보입니다.

이러한 '모른다' 앞에서 허를 찔려 당황하는 저 자신을 느낍니다. 그 '모른다'가 저의 '모른다'와 다소 다른 듯하기 때문입니다. 그렇다면 어떤 점이 다를까요? 우선 '모른다'를 부정적인 뜻으로, 혹은 대화를 중단하려는 뜻으로 사용하는 행위에는 곧바로 이해할 수 있고 처리할 수 있는 것들로 둘러싸인 세상이 전제되어 있다고 생각합니다. 그러한 전제 속에서는 곧바로 이해할 수 없고 처리하지 못하는 것은 오류이자 스트레스를 주는 무언가일지도 모릅니다.

하지만 시야를 넓혀서 주위를 둘러보면 거기에는 '모르는' 것이 무수히 널린 세계가 펼쳐져 있습니다. 가령 도서관에 가서 서가를 둘러보기만 해도 자신이 생각해본 적도 없는 문제의식과 전제, 역사적·종교적 배경 등을 접할 수 있습니다. 그런 것들을 처음 접하면 금방은 이해가 안 되고 양도 너무 많기 때문에 한꺼번에 전부를 다 받아들일 수 없는 것이 당연한 일입니다. '모른다'란 이제부터 세상을 알아갈 거라는, 혹은 미지를 미지로 남겨두는 단계의 입구에 서 있다는 표현일 뿐이라고 생각합니다. 그렇게 생각하면 '모른다'는 끝내는 말이 아니라 시작하는 말이지 않을까요.

저에게 '모른다'는 것, 미지가 미지인 채 남아 있는 것은

185

입구이자 희망도 될 수 있습니다. 『버려지는 '생명'을 생각한다: 교토 ALS 촉탁살인과 인공호흡기 트리아지로부터』라는 책이 있습니다. 2020년 7월 두 명의 의사가 ALS(근위축성측삭경화증)를 앓던 여성에게 약물을 투여해 중독사에 이르게 했습니다. 같은 시기 코로나19 팬데믹으로 인해 어려워진 의료 환경 속에서 인공호흡기를 어느 환자에게 우선적으로 써야 하는지에 대한 논쟁이 뜨거웠습니다. 우리 사회는 의료가 사람의 생명을 단축시킬 수 있다는 사실에 직면해야 했습니다. 그때 연구자, 당사자, 지원자 등 죽음학과 종교학, 생명윤리에 종사해온 저자들이 긴급히 세미나를 열고 내용을 정리한 것이 이 책입니다.

이 책에서 저자 중 한 명인 안도 야스노리는 병이 심각하게 진행되었거나 위중한 장애를 가졌음에도 삶의 의미를 느끼는 사람들이 있음을 짚어줍니다. 안락사를 찬성하는 이들은 그런 생각이 가능한 것은 그 사람의 가치관이나 정신적 강인함 덕분이라고 말하지만, 안도는 이를 다음과 같이 부정합니다.

그 사람은 "(정신적으로) 강인하니까", "그런 가치관과 생사관을 가진 사람이니까"라고들 하지만 그건 틀린 말입니다. 실제로 그런 경지에 이르기까지는 오랜 시간이 걸립니다. 여기서 중요한 것은 일단 결정을 뒤로 미루는 것(생사에 대한 결정을 강요하지 않는 것), 살 것인지 죽을 것인지를 결정하지 않는 것입니다. 생명은 인간이 만든 것이 아니기에 그 후 어떤 사람을 만날지, 자신이 어떻게 변할지 알 수 없습니다.

안도 야스노리 외, 『버려지는 '생명'을 생각한다』

어떤 사람을 만날지, 자신이 어떻게 변할지는 미지의 일이며, 이 미지를 미지인 채로 남겨두는 것이 고통 속에 있는 사람의 오늘을 도와주는 것임을 이 책을 읽으며 퍼뜩 깨달았습니다. 저도 정신장애로 쓰러져 퇴직했을 때는 숨 쉬는 것조차 괴로워서 살 것인지 죽을 것인지에 대한 결정을 스스로에게 강요하려 했던 적이 있습니다. 하지만 큰 부상을 입은 다음부터는 '모른다'는 것에 몸을 맡기고 지금 당장 결정하려 하지 않음으로써 하루하루 살아남은 듯합니다. 그런 면에서 '모른다'는 저에게 희망이었습니다. 그래서 '모른다'는 말로 대화를 끝내려고 하는 사람을 보면 마음이 쓰입니다. '모르는' 것을 불쾌해하며 멀리하고, 지금 당장 이해할 수 있는 것에만 둘러싸여 있으면 거기에 숨겨진 희망을 알아차리지 못해 언젠가 막다른 골목에 이를지도 모릅니다.

갑자기 인생에서 어려움에 부딪혔을 때 미지를 미지로 남겨두기를 실천할 수 있다고는 생각하지 않습니다. 그래서 도서관이 필요합니다. 동서고금의 책들로 빼곡한 서가를 둘러보며 걷기만 해도 '모르는' 것을 향한 회로가 틀림없이 연결될 것입니다. '모르는' 것을 잔뜩 발견하고 바라보다 보면, 그것이 입구이자 희망도 될 수 있다는 사실을 깨달을 것입니다. 도서관을 방문해 책등을 바라보거나 책을 펼치는 행동은 '모르는' 것에 다가가는 연습이 됩니다. 어떤 책, 어떤 저자, 어떤 인생의 주제를 만나 당신이 어떤 식으로 변해갈지는 가장 큰 미지입니다. 그렇게 하다 보면 '모르는' 것에 몸을 온전히 맡겨도 괜찮구나, 오히려 반짝이는 수면으로 뛰어드는 것 같아, 하고 느끼게 될지도 모릅니다. 그 반짝임이야말로 희망입니다.

살아가기 위한 판타지 모임

　사회복지학자 다케바시 히로시 씨, 출판사 겐다이쇼칸의 무코야마 가나 씨, 저희 도서관 큐레이터 아오키 신페이와 함께 판타지 문학을 읽는 독서 모임 '살아가기 위한 판타지 모임'을 시작했습니다. 얼마 전 다케바시 씨가 "저는 평소 논픽션이나 연구서만 읽다 보니 생각이 가로막혀 답답해질 때가 있어요. 하지만 드라마나 영화는 다음 전개가 눈에 보여 주인공이 창피를 당할 듯한 장면이 되면, 제가 부끄러워서 더는 못 보겠다 싶어져 마지막까지 볼 수가 없어요. 소설도 그런 대목에 들어서면 가슴이 두근거려서 책을 탁 덮어버리고 읽지 않거든요. 그런데 얼마 전에 본 『어스시의 마법사』시리즈*는 마지막까지 읽을 수 있었어요. 무라카미

189

하루키의 작품도 예외적으로 거의 다 읽을 수 있었고요. 이런 저에게 추천해주실 만한 책이 있을까요?" 하고 저에게 요청한 것이 모임의 시작이었습니다. 예전에 같은 질문을 받은 적이 있지만 추천에 실패했던 것, 또 책 취향이 까다로워 보였던 사람이 의외로 판타지를 매우 좋아했던 것이 떠올라 '다케바시 씨에게는 다른 세상이 필요한지도 몰라. 판타지 문학을 추천해보자'는 결론에 이르렀습니다.

그리하여 처음 추천한 책은 O. R. 멜링의 『여름의 왕』입니다. 사고로 여동생을 잃은 소녀 로렐은 여동생이 마지막 순간을 보낸 땅이자 조부모님이 사는 아일랜드를 방문합니다. 그리고 여동생 대신 하지제 전야에 처음으로 화톳불을 밝힐 '여름의 왕'을 찾기 위해 현실 세계와 요정 세계를 잇는 모험에 뛰어듭니다. 켈트족의 문화를 바탕으로 한 판타지지요. 다행히 다케바시 씨는 『여름의 왕』을 즐겁게 읽어주었고, "다 읽었는데 다음에는 뭘 읽을까요?" 하고 연신 물어봐서 판타지 문학을 잇따라 추천했습니다. 로잘리 K. 프라이의 『피오나의 바다』, 이토 아유의 『도깨비의 다리』, 오트프리트 프로이슬러의 『크라바트』, 필리파 피어스의 『한밤중 톰의 정원에서』, 사이토 린의 『초승달의 아이들』, 아일린 던롭의 『환영이 사는 집』 등. 그것은 마치 여행 같기도 했습니다.

다케바시 씨는 판타지 속 주인공이 펼치는 이야기에 대해 자신의 블로그 글 「판타지와 케어링 위드caring with」에서 "스스로 컨트롤할 수 없는 상황을 조금씩 파악하고, 패치워크처럼 단서를 모아가며 이윽고 지도의 가장자리에서 핵심을 향해 조금씩 나아간다. 그것은 혼자서는 할 수 없는 일이어서 동료가 필요하다"고 해석했습니다.

'살아가기 위한 판타지 모임'을 시작할 때 다케바시 씨는 스스로를 '판타지 없는 남자'라고 표현했습니다(저는 이 표현이 매우 인상적이었습니다). 그리고 그 뒤에 쓴 블로그 글 「판타지와 케어링 위드」에서는 왜 초중생 시절 판타지와 만나지 못해 '판타지 없는 남자'가 되었는지를 되짚었습니다. 다케바시 씨는 어린 시절 자신을 둘러싼 환경에 답답함을 느꼈고, 어린 자신이 싫어서 한시라도 빨리 어른이 되고 싶은 마음에 까치발을 해서 성인 대상의 잡지와 소설을 봤다고 합니다. 하지만 성인이 되어 사회생활을 하고 자녀가 생기자 얼른 어른이 되기 위해 건너뛴 통과의례와 성장 과제를 마주할 수밖에 없었습니다. 그래서 지금 이 시기에 사춘기의 성장 과정이 주제인 판타지를 다시 만나니 거기에 매혹되는 게 아닐까라고도 썼습니다.

'다시 만났다'는 측면에서 보자면 저 역시 다케바시 씨 덕분에 판타지와 재회할 수 있었습니다. 초중생 시절에만 읽어서 기억에서 흐려진 이야기도 많았기에, 추천을 위해 다시 읽었더니 녹슨 경첩에 기름칠을 하고 창문을 열어 오랜만에 그곳 풍경을 보는 듯한 느낌이 들었습니다. 저에게는 이 창문을 통해 풍경을 보며 꽃향기를 맡고 햇볕을 쬐는 것으로 살아남은 시절이 있었습니다. 하지만 이는 지극히 개인적이면서도 매우 유별난 방법이라고 생각했기 때문에 왠지 모르게 떳떳하지 못한 기분도 들어서, 남들에게 창문에 대해 말하거나 그 경치를 누군가와 공유하지는 않았습니다. 예전에 어떤 사람이 다케바시 씨처럼 책 추천을 부탁했지만 그때는 판타지 문학이 머릿속에 떠오르지 않았는데, 이는 다른 사람과 공유하지 못할뿐더러 완전히 개방하지도 못하는 저의 내면을 시사하는 듯합니다. 다케바시 씨에게 책을 추천하는 것에서 시작해 '살아가기 위한 판타지 모임'에서 함께 판타지 문학을 읽으며, 사춘기 시절 혼자서 푹 빠져 있던 창문 너머의 풍경을 다시 마주할 수 있었습니다. 그것도 이번에는 그 시절보다 힘을 좀 더 빼고, 순순한 시선으로요.

무아몽중, 오리무중의 시기에 손을 뻗었더니 그곳에 이

야기가 있었다는 것도 만남의 한 방식이지만, 어른이 되어 성장의 과정을 다시 마주하려면 자신이 걸어온(달려온) 길을 돌아보며 두고 온 것을 찾아 되돌아가야 합니다. 그것은 매우 용기가 필요한 여정이겠지요. 그리고 그 재회의 여행에는 "스스로 컨트롤할 수 없는 상황을 조금씩 파악하고, 패치워크처럼 단서를 모아가며 이윽고 지도의 가장자리에서 핵심을 향해 조금씩 나아가는" 판타지 속 주인공처럼, 오르락내리락 구불구불한 길을 나란히 걸으며 때로는 함께 머리를 감싸 쥐고 고민해줄 동료가 필요하지 않을까요? 제가 생각하는 '살아가기 위한 판타지 모임'은 곧 그 동료입니다. 앞으로 또 어떤 경사지고 구불구불한 길을 함께 걸을 수 있을지 무척 기대됩니다.

---

* 미국의 작가 어슐러 K. 르 귄의 판타지 소설로 『반지의 제왕』, 『나니아 연대기』와 함께 세계 3대 판타지 작품 중 하나로 거론된다.

양치질과 오므라이스 라디오

2014년 2월부터 '오므라이스 라디오'라는 인터넷 라디오 방송을 일주일에 한 번 송출하고 있습니다. 그렇다 해도 친구들과 라디오 방송을 시작한 것도, 송출을 이어나가고 있는 것도 저희 도서관 큐레이터이자 제 남편인 아오키지만요. 오므라이스 라디오를 시작했을 때 저는 옆에서 녹음을 듣기만 하다가, 지금은 남편의 대화 상대로 출연하거나 청취자들이 보내준 사연을 읽는 역할로 참여하고 있습니다. 인문계 사설 도서관 루차 리브로는 오므라이스 라디오라는 가상의 공간을 실제로 구현한 장소일 뿐, 저희의 기반은 역시 오므라이스 라디오라고 느낄 때가 많습니다.

그렇다면 저희는 왜 인터넷 라디오 방송을 시작했을까

요? 그 계기는 동일본대지진이었습니다. 2011년 3월 11일에 일어난 동일본대지진으로 후쿠시마현 후타바군 오쿠마마치와 후타바마치에 위치한 후쿠시마 제1원전에서 노심용해와 건물 폭발 등의 사고가 발생했습니다. 이로 인해 인근 지역뿐만 아니라 멀리 떨어진 곳까지 방사능의 영향이 우려되었지만, 사고의 진상을 파악하기 어려워서 답답함과 함께 행정부의 정보 제공이나 보도 형태에 대해 의문과 격정을 느끼며 시간을 보냈습니다. 사람들의 건강과 생명, 안전을 최우선으로 여기지 않는다고 느낄 때가 많아서 심장에 차가운 칼날이 꽂히는 기분이었던 것을 생생하게 기억합니다. 적어도 자유롭게 발언할 수 있고 편집으로 잘려나가지 않는 미디어를 가져야 한다는 생각으로 동일본대지진 3년 후에 시작한 것이 오므라이스 라디오입니다.

이런 식으로 소개하면 사회나 정책 같은 거창한 주제를 다루는 라디오 프로그램이 떠오를 수도 있지만 꼭 그렇지만도 않습니다. 라디오에서 하는 이야기는 일상 속 작은 사건이나 위화감에 대해 생각해보는 것에서 시작할 때가 많고, 거기서 단숨에 멀리뛰기해서 사회나 정치 같은 거대한 문제까지 가는 경우는 별로 없습니다. 무엇을 먹었다거나 어디에 다녀왔다는 등의 소소한 이야기를 출발점으로 삼는 데다 반드시 무거운 주제로 연결시키려고 의식하는 것도 아니어서 일상적인 화제로 끝날 때도 많습니다. 특히 남편과 제가 둘이서 이야기하는 정기 코너 '산촌 부부 잡담'은 그런 경향이 강한 듯합니다. 이런 식의 방송을 일주일에 한 번씩 꼬박꼬박 송출하고 있습니다.

저희 도서관의 단골손님에게 받은 것 가운데 무토 요지의 『천직의 운명: 스탈린의 밤을 살아간 예술가들』이라는 책이 있습니다. 스탈린 정권하의 소련에서 농업 집단화에 따른 우크라이나의 기근, 붉은 군대 숙청, 무고한 체포와 처형, 강제수용소, 소수민족 박해 등으로 개개인의 존엄과 윤리, 인간성이 위협받는 가운데 예술가를 비롯한 사람들이 어떻게 살아갔는지를 탐구한 책입니다.

이 책에는 1941년 당시 레닌그라드의 상황이 묘사되어 있습니다. 같은 해 6월, 불가침조약을 믿고 있던 소련을 습격한 독일군은 식량 창고를 파괴하고 레닌그라드를 봉쇄 상태로 몰아넣었습니다. 그러한 상황에서 남의 빵을 빼앗는 사람, 개나 고양이에게 손을 대는 사람도 있었다고 합니다. 저자는 "인간 연구에서는 누군가가 개나 고양이까지 먹었다는 사실보다 먹는 인간과 먹기를 거부하는 인간으로 나뉘었다는 사실이 중요하다. ……문화적, 전통적으로 금기시

되는 음식을 먹지 않는 것, 식생활이 평상平常에서 이상異常으로 전락하는 것을 스스로 허용하지 않는 것 또한 생존에 유효한 방법이었다"고 말합니다. 어떤 어머니는 레닌그라드 봉쇄 기간 동안 자식들에게 양치질을 시켰다고 합니다. 봉쇄 중 칫솔과 치약이 없어서 목탄으로 이를 닦았다지요. 그리고 이 가정에서는 반려묘에게 손을 대지 않았습니다. 저자는 이에 대해 "양치질과 반려묘를 먹지 않는 것 사이에는 공통점이 있다. 설령 부분적일지라도 평상성을 유지하는 것은, 자신들에게 강제된 평상적이지 않은 생존 조건 속에서 생활의 중심이 된다"고 썼습니다.

이 글을 읽었을 때 오므라이스 라디오 송출은 저희에게 양치질과 같을지도 모른다는 생각이 들었습니다. 동일본 대지진 때 못 본 척할 수 없을 정도로 균열을 드러낸 사회의 틈새는 지금까지도 계속 벌어지고 있는 듯합니다. 사람의 건강과 생명, 안전과 존엄보다 다른 것을 우선시하는 듯한 메시지가 사회에 넘쳐납니다. 그러한 "자신들에게 강제된 평상적이지 않은 생존 조건 속에서" 부분적으로나마 평상성을 유지하기 위해 저희는 라디오를 송출하는 것인지도 모릅니다.

마찬가지로 사회에 커다란 영향을 끼친 코로나19 팬데믹

이 시작되던 무렵, 무엇을 하든 '이런 때일수록'이라는 서두가 붙던 시기가 있었습니다. 이 서두는 '책을 읽는다'는 행동 앞에도 붙었습니다. '라디오 방송을 송출한다/듣는다'는 행동 앞에 붙은 적도 있었겠지요. '이런 때일수록'에는 '원래는 이런 것을 할 때가 아닌 비상시지만'이라는 전제가 깔려 있습니다. 하지만 저는 이 전제에 동의할 수 없습니다. 부분적으로라도, 목탄을 대신 사용해서라도 평상성을 유지하고 생활의 중심을 확보하는 것이 몸과 마음 모두 죽지 않은 채 비상시에서 살아남는 일로 이어진다고 믿기 때문입니다. 언제나, '이런 때'라도 양치질을 하고 책을 읽고 라디오 방송을 송출한다. 오므라이스 라디오는 그런 루틴 속에 있습니다.

소리를 내는 사람

『산학 노트 3(2021)』에「소리 내는 게 어때서」라는 에세이를 실었습니다. 2022년 정신과 병동에 입원했던 경험을 바탕으로 쓴 글입니다. 입원 중 자신을 욕하는 환청이 들려서 성난 소리를 지르는 사람과 두통에 시달리며 소리를 내는 사람을 봤습니다. 입원 전 몇몇 의료 종사자들이 "폐쇄병동에는 소리를 내는 사람이 있으니 놀랄지도 몰라요" 하고 일러주었지만 '소리를 내는 사람'의 배경을 안 이후 이 말에 강한 반감을 느꼈다는 이야기를 담았습니다. 글을 읽은 사람들이 "입장이 다른 사람에게 공명하시는군요", "마음이 따뜻하시네요" 하고 반응했는데, 그런 말에 기쁘기는 했지만 저의 실제 모습과 그런 표현들이 왠지 모르게 어긋나 있

199

다는 느낌이었습니다.

앞서 말한 「소리 내는 게 어때서」로 이야기를 되돌려보면, 저는 '소리를 내는 사람' 말고도 가령 뉴스에 등장하는 사건 사고의 당사자가 된 사람이나 외국인노동자로 일본에 와서 어려운 처지에 빠진 사람, 소수자로 사회 속에서 고통스러운 입장에 놓인 사람에게도 공명합니다. 하지만 그건 '입장이 다른 사람 곁에서 나오는 다른 심경을 상상해 공명하는' 것과는 느낌이 다릅니다. 저에게는 환청이 들리지 않고, 현재로서는 사건 사고를 일으켰거나 거기에 휘말리지도 않았으며, 일본에서는 외국인노동자가 아니고, 항상 소수자의 입장인 것도 아닙니다. 그럼에도 불구하고 저는 그들이 곧 저 자신이라고 느낍니다.

이런 생각을 할 때 떠오르는 책이 있습니다. 미국 작가 어슐러 K. 르 귄의 판타지 소설 『어스시의 마법사』입니다. 이야기의 무대는 모든 사물의 진짜 이름이 마법의 힘을 가지게 되는 어스시. 이곳에서 주인공 소년 게드는 마법 재능을 인정받아 마법 학교에 들어갑니다. 마법을 배우는 동안 그는 금기를 깨고 이 세상에 균열을 만들어 무시무시한 그림자를 풀어놓고 맙니다. 이후 게드는 그림자에게 뒤쫓기고 위협당하는 나날을 보냅니다. 게드는 도망치면서 그림자를 물리칠 방법을 찾는데, 어느 날 옛 스승 오지언과 재회하며 전환점을 맞이합니다. 오지언은 게드에게 이렇게 말합니다.

"만약 이대로 멀리 멀리 도망치면 어디를 가더라도 위험과 재앙이 너를 기다리고 있을 게다. 너를 뒤쫓는 것은 저쪽이기 때문이지. 지금까지는 저쪽이 네가 갈 길을 정해왔다. 하지만 앞으로는 네가 정해야 해. 너를 뒤쫓아온 것을 이번에는 네가 쫓아가는 게야. 너를 뒤쫓아온 사냥꾼은 네가 사냥해야 한단다."

어슐러 K. 르 귄, 『어스시의 마법사』

그림자를 괴이한 존재로 여기며 자신과 선을 긋고 두려워하고, 그로부터 도망쳐온 게드에게 오지언은 그림자를 마주하라고 요구합니다.

폐쇄병동에서 '소리를 내는 사람'을 저편의 존재로 여기며 소리를 내지 않는 자신들과 구분해 선을 그으려고 했던 의료 종사자들의 모습은 그림자를 멀리하려던 게드와 겹쳐 보였습니다. '소리를 내는 사람들'은 저쪽 물가에 비친 그림자 같은 존재입니다. 괴이한 존재라며 자신들과 구분해 선을 긋고, "저쪽은 이쪽과는 완전히 달라" 하고 말해본들 그

것은 자신의 그림자입니다. 그림자와 자신, 어느새 저쪽과 이쪽이 뒤바뀌어도 이상할 것은 전혀 없습니다. 사건 사고의 당사자가 되어버린 사람이나 외국인노동자로 일본에 와서 어려운 처지에 빠진 사람, 소수자로 사회 속에서 고통스러운 입장에 놓인 사람을 곧 저 자신이라고 느끼는 것은 이러한 인식에 기반해 있습니다. 지금은 우연히 저쪽에 있지 않지만, 저는 환청을 들을 수도 있고 자칫하면 사건 사고를 일으킬 수도 있으며 다른 나라에서 일하며 불운을 탄식할 수도 있고 소수자가 될 수도 있다고 생각합니다. 당사자라고 느낍니다.

그러므로 '나는 이쪽에 있다'는 안도감은 조금도 들지 않습니다. 그들과 연대한다기보다 그들의 문제를 저 자신의 문제로서, 생살이 지글지글 타들어가는 심정으로 바라보고 있습니다. 게드가 처음에 그랬듯이 그림자로부터 눈을 돌리고 도망치면 언젠가 그림자에게 따라잡히리라는 것을 피부로 느낍니다. 게드가 도중에 깨달은 것처럼 그림자는 게드가 있는 곳이면 반드시 나타납니다. 그래서 마주할 수밖에 없는 것입니다.

"소리 내는 게 어때서?"라고 외친 것은 그림자와 겹쳐진 저였고, 어쩌면 그림자 스스로 내는 목소리였을지도 모릅니다. 목소리가 그림자로부터 나왔다는 사실을 알게 되면 들어주지 않거나 멀찍이 떨어지려는 사람도 있겠지요. 하지만 그 사람의 발치에도 햇빛이 만든 짙은 그림자가 길게 드리워져 있습니다. 그 그림자로부터 부디 눈을 돌리지 말기 바랍니다. '소리를 내는 사람'은 저의 그림자이자 당신의 그림자이며, 또한 사회의 그림자입니다. 그것은 따로 떼어낼 수 없으며 저쪽과 이쪽은 언제 뒤바뀌어도 이상하지 않습니다. 지금 이쪽에 속해 있다는 생각 또한 이미 흔들리고 있을지도 모릅니다. 그림자를 마주하고 쫓아간 게드는 마지막에 그것을 따라잡습니다. 그때 게드는 그림자에게 뭐라고 말했을까요? 『어스시의 마법사』를 펼쳐서 그 장면을 직접 목격하시기 바랍니다.

등 뒤의 창문이 열리는 순간

누군가가 건네준 책을 펼치면 등 뒤에서 창문이 열리는 느낌이 들 때가 있습니다. 제가 눈길을 주지 않았던 장소에서 먼지를 뒤집어쓰고 있던 녹슨 창문이 반강제적으로 삐걱삐걱 열리며 바람이 들어오고 방 안이 밝아지는 기분입니다. 그 충격은 때로 강풍이나 눈을 찌르는 빛이 되어 저를 휘청거리게 만들기도 합니다. 하지만 책을 건네받는 순간부터 왠지 모르게 강풍이 불면 좋겠다, 눈부신 빛에 휩싸이면 좋겠다, 휘청대다가 머리를 부딪혀도 좋겠다는 생각도 듭니다. 누군가에게 책을 건네받음으로써 지금까지 의식해본 적 없는 문제나 생각지도 못했던 사상 등 제 손을 뻗는 것만으로는 결코 보이지 않았던 풍경을 볼 수 있습니다. 그 풍경에 일일이 감동하고 동요하며 무릎을 풀썩 꿇고 싶습니다.

고맙게도 제 주변에는 책을 건네주는 사람들이 있습니다. 그중 한 친구는 고등학생 시절부터 알고 지냈지만 "추천할 만한 책 있어?" 하고 서로에게 물어보기 시작한 것은 근래의 일입니다. 관심사가 서로 비슷해서 저는 친구가 SNS에 가끔 올리는 최근 읽은 책과 본 작품의 목록을 목을 빼고 기다립니다.

얼마 전에는 제가 추천했던 아마미야 가린 등이 쓴 『이 나라 불관용의 끝에서: 사가미하라 사건과 우리들의 시대』를 친구가 읽었나 봅니다. 2016년 7월 26일, 가나가와 현립 지적장애인 복지시설 '쓰쿠이 야마유리원'에서 전 직원이었던 남성이 '막대한 빚을 지고 있는 일본에 장애인을 돌볼 여유는 없다'는 이유로 장애인 19명을 살해하는 사건이 일어났습니다. 이 책은 루차 리브로에서도 자주 화제에 오르는 키워드인 '생산성'을 비롯해 '자기 책임', '민폐', '혼자서 죽어라'와 같은 말이 가득한 사회 속에서 다시금 멈춰 생각하고 맞서기를 촉구하는 대담집인데, 제 인생에서도 매우 중요한 한 권입니다. 친구는 이 책에 대해 나중에 "마음의 동요가 심해서 정말 괴로웠지만 읽기를 잘했어" 하고 말했습니다. 친구의 등 뒤쪽 창문이 열린 것인지도 모릅니다.

친구는 제가 추천한 책을 곧바로 다 읽지만, 저는 면목 없게도 친구의 추천 책을 얼른 읽지 못합니다. 친구가 건네는 책이 일으키는 돌풍은 마치 폭풍 같고, 거기서 비쳐드는 광선은 시야를 새하얗게 물들일 정도로 강렬하기 때문입니다. 그래서 크게 휘청거리다 넘어져서 머리를 세게 부딪힐 것을 각오하고, 두려움 반 기대 반으로 두근두근 책을 펼칩니다.

친구가 추천해준 책 중에서도 특히 강렬한 인상을 받은 책이 두 권 있습니다. 한 권은 박사라의 『가족의 역사를 씁니다』입니다. 재일코리안 2세 아버지와 일본인 어머니 사이에서 나고 자란 역사사회학자인 저자가 "집의 역사를 쓴다"며 친척들의 생활사를 인터뷰하기 시작하는 장면에서 이야기는 출발합니다. 저자의 친척들은 제주도 조천면 신촌리라는 지역에 뿌리를 두고 있으며 현재는 오사카에 산다고 합니다. 그들의 입에서 나오는 생활사는 전쟁의 기억, 일본의 식민지 지배, 1948년의 제주 4·3 사건과 한데 얽혀 있는데, 저자는 그 구술된 역사를 정치적 올바름과는 다른 학문적 올바름을 통해 학자의 시각으로 풀어나갑니다.

제주도는 1910년 한일합병조약에 따라 본토와 함께 제

2차 세계대전이 끝날 때까지 일본 제국의 영토가 되었습니다. 저자가 처음 인터뷰한 고모부는 초등학교 교사로서 어린이들에게 조선어를 금지시키는 직무도 수행했습니다. 1945년 일본의 항복으로 식민 지배가 끝나자 인민위원회가 대두한 시기도 있었지만, 좌익 세력은 미군과 충돌을 거듭해 강제 해산됩니다. 그 뒤 제주도 내에서 일정 세력을 형성해 있던 남조선노동당(남로당)이 남한만의 단독선거를 반대했고, 이 일이 나중에 제주 4·3 사건으로 이어집니다. 미군의 지원을 얻은 도지사와 반공단체의 탄압으로 1948년 4월 3일 봉기한 도민에 대해 남조선 국방경비대, 군대, 경찰 등이 탄압과 학살을 자행했고 이 탄압은 오랫동안 지속되었다고 합니다. 저자가 인터뷰한 친척 중에는 제주 4·3 사건에서 보고 들은 일을 말하는 사람도 있지만, 그 사건이 기억에서 사라진 듯한 사람도 있습니다. 극한의 상황에서 인간은 무엇을 생각하고 어떻게 존재하는가. 그것을 생활사와 구술 역사로 살펴보는 이 책의 시선은 고요했지만 저에게 강한 돌풍과 눈을 찌르는 광선이 되었습니다.

친구가 추천한 또 다른 한 권은 크리스토퍼 R. 브라우닝의 『아주 평범한 사람들』입니다. 추천해준 경위가 정확히 기억나지는 않지만, 분명 한나 아렌트와 한스 요나스의 교류를 다룬 도야 히로시, 바쿠 모모키의 『방랑하는 아렌트, 전장의 요나스』를 제가 친구에게 권한 것에 대한 응답이었던 듯합니다. 이 책은 나치 독일 시대에 존재했던 101예비경찰대대에 초점을 맞춥니다. 101예비경찰대대는 나치 대두 이전에 교육을 받은, 반유대주의자도 아닌 일반 시민으로 구성되어 있었습니다. 원래 목재업자, 운전사, 교사 등이었던 평범한 사람들이 폭력에 익숙해지고 사람의 생명을 빼앗는 것에 둔감해져 폴란드에서 유대인 대량 학살과 강제 이송을 실행했습니다. 저자는 그 경위를 1960년대에 이루어진 101예비경찰대대 대원들에 대한 사법심문 기록을 중심으로 풀어갑니다. 일반 시민의 '생활사'라는 측면에서 이 책은 앞서 언급한 『가족의 역사를 씁니다』와 접근방식이 같다고 말할 수 있을지도 모릅니다. 이에 대해 저자는 다음과 같이 서술합니다.

방법론적으로 보면 '일상사'는 중립적이다. 일상사는 나치 지배하의 일상이 범죄적 나치 정권에 의해 얼마나 피할 수 없을 정도로 강력하게 침투되었는지를 낱낱이 밝히는 데 실패하는 바로 그 경우에만 '도피' 시도, 제3제국을 '정상적인 것'으로 서술하려는 시도가 될 것이다. 그렇지만 무엇보다도 독일군에게 점령된 동유럽 국가에 주둔했던 모든 사회계층 출신 수만 명의 독일인 점령자들에게 나치 정권의 집단학살 정책은 일상을 거의 동요시키지 않은 일탈적이거나 예외적인 사건들이 아니었다. 101예비경찰대대의 이야기가 보여주듯이 집단학살과 일상적 일과는 결국 하나가 되었다. 일상 자체가 몹시 비정상적인 것이 되어버린 셈이다.

크리스토퍼 R. 브라우닝, 『아주 평범한 사람들』[*]

'생활사'라는 단어의 감촉과 제주 4·3 사건으로 인한 피해, 폴란드 대량 학살 가담 등의 사건은 그전까지 저에게 멀게만 느껴졌는데 이 서문을 읽고 갑자기 확 와닿았습니다. 친구와 저는 '사람이 사람을 차별하는 것', '인간의 존엄' 등의 주제에 관심이 많고, 현재 주위에서 그런 문제가 닥쳐오지 않아도 그에 대해 계속 생각하는 편입니다. 예전에는 '어째서 지금 생명과 존엄을 위협받지 않는데 무거운 주제를 생각하는 걸까?' 하고 스스로도 의아해할 때가 있었습니다. 하지만 이 구절을 읽고 '인간이 인간을 차별하는 것'이나 '존엄을 위협하는 것', 그리고 폭력은 지극히 당연한 생활 속에서 일상으로 우리에게 다가온다는 사실을 알게 되었습니다. 폴란드로 간 독일인 이주자들도 어쩌면 당시에는 예전의 저와 마찬가지로 '지금 나는 어떻게든 살아가고 있으니까 그 이상은 생각하지 않아도 돼' 하는 심정이었을지도 모릅니다.

우리는 비정상적인 상태에도 금세 길들여집니다. 그렇기 때문에 책을 펼치고 오래된 창문을 열어 일상이란 원래 어떤 것인지, 거기로 숨어드는 그림자의 형태와 냄새, 기척은 어떠한 것인지 파악하기 위해 노력해야 한다는 것을 깨달았습니다. '생활'이라는 단어가 너무나도 무의식적으로 쓰이며 '비정상적인 일상'이 슬며시 다가오는 오늘날의 사회에서 등 뒤쪽 창문을 열어주는 친구가 있다는 것은 얼마나 든든한지요. 더 많은 빛을.** 더 많은 바람을.

---

* 　한국어판 번역을 인용하였다.(이진모 옮김, 책과함께, 2023)
** 　괴테가 죽기 직전 마지막으로 했다고 알려진 말.

세 권의 처방전

「토착을 향한 처방전: 루차 리브로의 사서 자리에서」는 코로나19 팬데믹을 계기로 시작한, 누군가의 고민에 대해 제가 세 권의 책으로 답하는 기획의 글로 지금도 1인 출판사 세키쇼보의 블로그에서 연재 중입니다. 이제까지 '팬데믹 속 사고방식의 차이 때문에 답답함을 느낀다', 'SNS와 거리를 두는 방법을 모르겠다' 등 여러 가지 고민에 대해 조심스레 책을 추천해왔습니다. 사서로 일했던 한 친구는 이 연재를 보고 "일반적인 참고도서와는 전혀 달라서 재미있어. 보통 참고도서를 찾아볼 때는 명확한 정답이 있어서 전개가 순서도처럼 나아가는데, 그거랑은 전혀 다르네"라고 말했습니다.

확실히 통상적인 참고도서 검색은 결론과 거기까지 이르는 경로가 모두 명확합니다. 국립국회도서관의 검색서비스 '레퍼런스 협동 데이터베이스'로 예를 들면 ① 일본의 3대 하천 중 하나인 도네강은 '반도타로'라고 불리는데 그에 관한 기록이 있는가? ② '반도타로' 외에 '지로', '사부로'라는 명칭이 붙은 강이 있는가?' 하고 질문할 경우 우선 '반도타로' 관련 기록의 유무에 따라 '예' 혹은 '아니요'로 나아가며, '예'일 경우『하천대사전』이나『일본국어대사전 제2판』등에 있는 기술을 제시하고 ②로 넘어갑니다. 그런 다음 '지로', '사부로'라는 명칭이 붙은 강이 있느냐는 질문에 대해 '예' 혹은 '아니요'로 답하며, '예'일 경우『일본국어대사전』이나『고지엔』" 등의 기술을 소개합니다. 이런 경로는 조사에 들어가기 전부터 흐릿하게나마 보입니다. 흩어져 있던 의문이 주제나 분류가 점차 특정되면서 압축되어가는, 문제를 좁은 곳으로 몰아넣는 느낌이랄까요. 동물을 광장에서 좁은 골목으로 유도해 붙잡는 것과 비슷할지도 모릅니다(물론 이 역시 도서관의 중요한 업무입니다).

반면「토착을 향한 처방전」에서는 문제를 압축해 좁은 골목길로 몰아넣는 느낌으로 글을 풀어나가지 않습니다. 애초에 문제를 골목길로 몰아넣는 참고도서의 검색 방식은

(소장 도서가 적은) 루차 리브로 같은 규모의 사설 도서관에서는 실행하기 어렵기도 해서 「토착을 향한 처방전」 같은 스타일로 귀결된 것도 있지만요.

그 글을 쓸 때의 느낌을 떠올리면 어느 책의 한 구절이 머릿속을 스칩니다. 미야노 마키코와 이소노 마호가 함께 쓴 『우연의 질병, 필연의 죽음』입니다. 이 책은 유방암에 걸린 철학자 미야노 마키코와 인류학자 이소노 마호가 주고받은 편지로 구성되어 있습니다. 병을 앓게 되어 그것을 마주하고 생각하는 지점에서 (때로는 날카롭게 파고드는) 다양한 구질球質의 공을 서로 주고받음으로써 사유가 풍부하게 자라는 영혼의 교류가 담겨 있지요. 그래서 책을 펼칠 때마다 새로운 발견이 있고 가슴이 뜨거워집니다.

첫 번째 편지에서 이소노는 심방잔떨림 치료를 받는 야마다 도요코 씨의 사례를 소개합니다. 어느 날 심장이 전에 없이 빠르게 뛰는 발작이 일어나 불안해진 도요코 씨는 병원 진찰을 통해 심방잔떨림을 진단받습니다. 발작이 만성화될 것을 우려한 도요코 씨는 좋아하는 술과 노래방을 자제하고 여행과 개 산책도 그만두며 절제된 생활을 합니다. 그런 보람이 있었는지 한동안은 발작이 일어나지 않았습니다. 도요코 씨는 분명 병이 나았다며 기뻐합니다. 하지만 재진 접수 중 발작이 다시 일어나 도요코 씨는 몹시 실망합니다. 미야노는 도요코 씨에게 공감하면서도 "하지만 리스크와 가능성을 둘러싼 이 감각은 역시 어딘가 이상합니다" 하고 지적하며, 이어서 이렇게 서술합니다.

이상하다고 느끼는 원인은 리스크가 고지됨으로써 인생이 세분화된다는 데 있습니다. 그 순간 환자는 지금 자신의 눈앞에 몇 개의 갈림길이 펼쳐지는 것처럼 느낍니다. 각각의 길에는 화살표로 목적지가 표시되어 있으며, 환자는 리스크를 근거로 나쁜 길은 피하고 '평범하게 살 수 있는 길'을 골라 신중하게 걸어가려 합니다.

하지만 실은 어떤 갈림길을 선택하든 화살표가 가리키는 목적지에 도착할 수 있을지는 알 수 없습니다. 각각의 갈림길이 외길일 리도 없고, 어느 길이든 일단 들어서면 또다시 여러 개의 갈림길이 나타날 것이기 때문입니다.

무엇보다 중요한 점은 우리는 그 갈림길을 미리 알지 못하며, 그때그때의 선택과 진행에 따라 갈라진 개수와 목적지가 자꾸 바뀐다는 사실입니다.

……갈림길 중 하나로 들어서는 것은 외길을 선택하는 게 아니라 새롭게 열린 무수한 가능성 전체로 들어가는 것입니다.

가능성이란 길이 갈라지며 목적지를 알게 되는 외길이 아니
라, 늘 동적으로 변화하는 전체가 아닐까요?

미야노 마키코·이소노 마호, 『우연의 질병, 필연의 죽음』

"인생이 세분화되는" 리스크 고지의 이미지는 제가 평소
참고 서적에 대해 가지고 있는 '문제를 압축해 좁은 골목길
로 몰아넣는' 이미지와 비슷한 듯합니다. 최근 「토착을 향
한 처방전」에서 받은 사연 중 '과거에 대해 후회하고 집착
한다'는 고민이 있었는데, 후회하거나 집착하는 과거는 각
각의 갈림길에 화살표로 목적지가 표시되어 있고 그 끝이
외길이어서 인생이 세분화되는 이미지 속에 있는 게 아닐
까 싶습니다. 하지만 인생에서 갈림길을 선택한다는 것은,
원래는 미야노의 말처럼 "외길을 선택하는 게 아니라 새롭
게 무수히 열린 가능성 전체로 들어가는 것"이지 않을까요?
삶의 고민에 도움이 되는 책 또한 '문제를 압축해 좁은 골목
길로 몰아넣는' 방식으로 찾을 것이 아니라 동적으로 끊임
없이 확장되는 전체 속으로 들어가듯이 골라야 한다고 느
꼈습니다.

저희는 루차 리브로를 '도서관과 공공의 공간, 연구 센터
등을 모두 담은, 거창하게 말하자면 인문학 지식의 거점'으

로 삼고 있어서 고민에 대해서도 인문학적 되묻기를 시도합니다. 그러려면 문제 자체를 되묻고 시작점으로 되돌아가기 위해 층위를 높일 필요가 있습니다. 저는 이를 '새롭게 무수히 열린 가능성 전체를 조망할 수 있는 곳에 서는 일'이라고 생각합니다. 「토착을 향한 처방전」은 이처럼 경치 좋은 곳에 함께 서서 예측할 수 없는 세계의 확장을 느끼고자 하는 시도라고 할 수 있을지도 모릅니다.

<hr>

* 다로, 지로, 사부로는 각각 장남, 차남, 삼남에게 붙이는 이름이며 동류 중 으뜸인 것, 두 번째 것, 세 번째 것을 일컫기도 한다.
** 일본의 대표적인 사전 중 하나.

'책 이야기 나누는 저녁'에 대해

　루차 리브로에서 독서 모임을 가진 뒤 온천욕을 하고, 마을의 숙박 시설로 이동해 저희도 함께 식사를 하고 하룻밤 묵습니다. 최근 히가시요시노의 숙박 시설 레베 히가시요시노rebe東吉野, 아유르 롯지AYUR LODGE와 함께 시작한 숙박형 독서 모임 '책 이야기 나누는 저녁'의 일정입니다. 운영자인 저희와 레베 히가시요시노의 가노 료타 씨, 아유르 롯지의 우에다 아유 씨도 모든 일정을 참가자들과 함께합니다. 첫 일정인 독서 모임에서는 서로가 초면이라 조금 어색하지만, 근처의 온천에 들어가고 같이 밥을 지어 먹을 즈음에는 긴장이 누그러져 깊은 이야기도 나누게 되어 저희도 매회 고대하고 있습니다. 함께 카레를 만들고 반딧불이를 보러 강가로 내려가고 모닥불에 둘러앉는, 마음 편안해지는 시간과 공간이 거기에 있습니다.

지난번 모임은 자기소개 때 참가자들이 저마다 최근 좀 힘들어진 일이나 불안한 점에 대해 이야기하며 약한 면을 드러내는 것에서 시작했습니다. 저는 루차 리브로의 활동 속에서 종종 '함께 생각하기'를 내세우는데, 여기서 '함께 생각하기'란 함께 생각해서 해결하는 것이 아니라 '함께 머리를 감싸 쥐고 고민하는 것', '그것 참 곤란하겠네 하며 공감하는 것'이 아닐까 하고 자기소개를 들으며 생각했습니다.

'함께 머리를 감싸 쥐고 고민하는 것'이라고 하니 지난번 '살아가기 위한 판타지 모임'에서 읽은 만화, 스케랏코의 『오본*의 나라』가 떠오릅니다. 조상의 영혼이 보이는 신비로운 능력을 지닌 주인공 소녀 아키는 어느 날 진로에 대해 이야기하다가 친구와 다툽니다. 그리고 진로와 친구 문제 때문에 '조상의 영혼들이 돌아오는 오본이 계속되면 좋겠어' 하고 생각하지요. 그러자 놀랍게도 아키가 사는 마을에서는 정말로 8월 15일이 반복됩니다. 그 사실을 깨달은 사람은 아키와 갑자기 나타난 수수께끼의 남자 나쓰오뿐입니다. 이대로라면 이승과 저승이 하나가 되고 말아서 두 사람은 오본에 갇힌 세계를 원래대로 되돌리기 위해 움직이기 시작한다는 내용입니다. 읽을 때마다 애틋해지고 여름의 공기를 가득 들이마시는 기분이 드는 작품입니다.

'살아가기 위한 판타지 모임'에서는 나쓰오의 사려 깊은 태도가 화제에 올랐습니다. 나쓰오는 이야기 마지막 무렵 오본이 반복되는 원인이 된 유령을 마주합니다. 과거 자식을 잃은 이 유령은 아이를 찾아다니다가 자기 자신을 잊어버리고 그저 떠돌기만 하는 외로운 존재가 되었습니다. 나쓰오는 예전에도 한 번 이 유령과 맞닥뜨렸는데, 그때 유령을 피안으로 보내려다가 실패해서 목숨을 잃었습니다. 그럼에도 불구하고 이번에는 문제해결을 서두르지 않고 "당신에 대해 알려주실 수 있나요?" 하며 이야기를 들어주고, "당신의 슬픔을 전부 이해할 수는 없겠지만……" 하며 곁으로 다가갑니다. 이러한 태도야말로 '함께 머리를 감싸 쥐고 고민하는 것'이 아닌가 하고 감동했습니다. 나쓰오의 말을 들은 유령은 조금씩 자신을 되찾아갑니다.

'함께 머리를 감싸 쥐고 고민하는 것'에 대해 생각하면 또 한 권의 책이 떠오릅니다. 『느릿느릿 천천한 베텔의 집』입니다. 이 책에서는 정신장애 당사자를 위한 지역 활동 거점을 만든 사회복지사 무카이야치와 문화인류학자 쓰지가 '천천히'를 중심으로 이야기를 나누며 우리의 속도를 늦춰주는데, 그 가운데 이런 구절이 있습니다.

무카이야치: '베텔의 집' 구성원이자 스태프이기도 한 시모노 쓰토무는 늘 "이 동네는 위험으로 가득해. 베텔에 있어도 여기는 꼭 아키하바라** 같아"라고 말하며 피해자의 감각을 방어막처럼 두른 채 지냅니다. 그런 그가 토해내는 배설물 같은 말을 주위의 미생물 같은 동료들이 능숙하게 분해해 유기물로 만들어주지요.

쓰지: 동료가 미생물인가요? 멋진 비유네요. 그렇다면 베텔은 비옥한 토양이겠군요.

무카이야치: 네, 자기 안의 어려움을 모두의 힘을 빌려 분해해서 유기물로 만들어나가는 사람과 사람의 연결, 베텔에서는 그것을 중시합니다. 어린 나이에 어머니를 병으로 잃고 아버지도 스스로 목숨을 끊은 환경 속에서 자란 시모노의 내면에는 '사람을 믿지 않는다'라는 삶의 장애물이 있습니다. 하지만 시모노는 그로부터 자립하기 시작하지요. 그는 자신이 겪는 어려움을 이야기하며, 자신이 그로부터 방해받고 있다고 말합니다. "사실은 방어막이 없는 게 좋아요. 저는 지금 곤란합니다" 하고요.

무카이야치 이쿠요시·쓰지 신이치, 『느릿느릿 천천한 베텔의 집』

220

베텔의 집 동료들은 "이 동네는 위험으로 가득해"라는 시모노의 말을 부정하거나 억누르지 않고, 그저 함께 있으면서 토해진 것을 시간을 들여 천천히 분해해나갑니다. 해결이 아닌 분해이지요. 이 또한 '함께 머리를 감싸 쥐고 고민하는 것'의 한 형태라고 느꼈습니다. 분해에는 시간이 걸립니다. 그렇기 때문에 계속 함께할 수 있습니다. '책 이야기 나누는 저녁'에서도 통상적인 독서 모임에 비하면 훨씬 긴 시간을 같은 책을 읽은 사람들끼리 보내는데, 그 시간 동안 함께 머리를 감싸 쥐고 고민하다 보면 분해의 전 단계 정도까지는 분명 이를 수 있을 것입니다. '함께 생각하는 것'은 즉 '함께 머리를 감싸 쥐고 고민하는 것'입니다. 그로써 문제가 해결되지는 않지만 아주 풍요로운 무언가가 싹틀지도 모릅니다. 저는 그런 시간을 함께 보내고 싶습니다.

---

* 조상의 영혼을 기리는 일본의 큰 명절로, 옛날에는 음력 7월 15일에 치렀지만 현대에는 양력 8월 15일을 중심으로 치르는 경우가 많다.
** 애니메이션 관련 매장과 전자 상가 등이 밀집된 도쿄의 번화가로, 서브컬처의 중심지.

4

히가시요시노무라의 계절

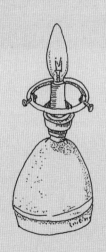

고개를 오르는 사람

　히가시요시노무라는 나라현 동쪽에 위치해 있어 이웃인 미에현과 가까운 산촌입니다. 강물이 맑고 조용하며 아름다운 곳이지요. 나라현 주민들도 이따금 "히가시요시노는 나라현이에요?" 하고 묻습니다. 저희는 2016년부터 이 산촌에서 인문계 사설 도서관 루차 리브로를 운영하며 살고 있습니다. 저희가 자리 잡은 곳은 히가시요시노의 와시카라는 지구인데, 이세 가도伊勢街道가 지나가며 옛날에는 기슈번藩의 영토였습니다(다른 지구는 천황의 직할 영지였다고 합니다). 이곳에는 이세 신궁 참배에 쓰인 말들의 명복을 비는 마두 관음馬頭観音을 모신 절과 이세 가도의 표지석이 있습니다. 산촌 생활 속에서 그전에는 몰랐던 관습이나 행사를 접하면 문헌을 찾아보고 싶어집니다.

저는 산촌에 살지만 아직 운전면허가 없습니다. 이곳에 산 지 이제 곧 8년이 되는 지금도 나라奈良교통버스나 마을의 커뮤니티 버스를 이용합니다. 마을 할머니들도 저와 마찬가지로 대부분 운전면허가 없어서 버스에서 자주 만납니다. 버스를 갈아타며 하루 꼬박 걸려 이웃 마을에 가는 경우도 자주 있습니다. 어쩌면 저는 이동이라는 측면에서는 마을 할머니들과 비슷한 생활양식을 가지고 있는지도 모릅니다. 와시카에서는 평일이면 나라교통버스를 탈 경우 직통으로 가장 가까운 역(버스로 30분 걸리지만, 일단은)인 긴테쓰 하이바라역에 도착합니다. 하지만 주말이나 공휴일에는 그럴 수 없습니다. 휴일에는 나라교통버스가 히가시요시노무라에 오지 않기 때문입니다. 하이바라역에서 출발하는 버스는 이웃 마을인 우다시의 우타노 정류장에서 되돌아갑니다.

이럴 때 필요한 것이 커뮤니티 버스입니다. 마을의 커뮤니티 버스는 이름만 버스일 뿐 봉고차나 택시를 이용하는 마을 내 이동 수단입니다. 우타노와 마을을 오가는 발이 되어줄 뿐만 아니라 노선버스가 다니지 않는 마을 안에서의 이동에도 편리합니다. 이 커뮤니티 버스를 타고 마을 입구의 사쿠라 고개를 달릴 때 운전기사가 이런 이야기를 들려주었습니다.

"옛날에는 이 고갯길이 좁은 데다 포장도 지금처럼 되어 있지 않아서 버스가 지나가기 힘들었어요. 게다가 옛날 차는 핸들이 무거웠으니 운전하는 여자가 드물었지요."

하지만 근처에 살던 친구의 할머니는 챙이 넓은 핑크색 모자를 쓰고 씩씩하게 핸들을 잡았다고 합니다. 멋집니다.

이 이야기를 듣고 아마도 운전기사보다 조금 더 연배가 있을 저희 집 주인에게 들은 일화가 떠올랐습니다. 저희 도서관 기관지 《룻차》를 펼쳐봅니다. 당시에는 아직 이곳이 히가시요시노무라가 아니라 다카미손, 오가와무라, 시고무라라는 세 마을로 나뉘어 있었고, 와시카는 처음에는 다카미손이었지만 중간에 오가와무라로 편입되었다고 합니다.

고등학교는 오우다 고교였는데, 집에서 15킬로미터 정도 떨어져 있었어요. 자전거로 가야 했지요. 여학생 중에서도 자전거로 통학하는 사람이 많았어요. ……그 당시, 제가 고등학교 2학년 즈음까지는 트럭이 전부 목탄차였거든요. 목탄차는 언덕을 오를 땐 느려져요. 덜컹거리면서요. 우리가 고등학교에 다닐 때는 트럭을 발견하면 꼭 기다렸다가 그 뒤에

227

매달려 갔어요. 위험하다고 혼나긴 했지만요.

《룻차》 창간호

얼마 전 시내에 사는 사람과 대화를 나누다가 가깝다는 뜻으로 "차로 30분이면 카페에 갈 수 있어요"라고 했더니 그가 "너무 멀어!" 해서 깜짝 놀랐는데, 그래도 옛날에 비할 바는 아닙니다. 오우다 고교까지 자전거로 가다니, 경주인 가 싶을 정도입니다. 그런 생각을 하면서 야마조에 미쓰마 사의 『히가시요시노 견문기』라는 책을 펼치자 마을에 처음 자전거가 등장한 것은 20세기 초였다고 적혀 있었습니다.

이 책에 따르면, 앞서 언급한 버스와 트럭의 전신이라고 할 수 있는 화물 자동차와 승합차가 마을을 달리기 시작한 것도 그 시대였다고 합니다. 역시 사쿠라 고개를 넘는 것은 힘들었는지 저자는 이렇게 썼습니다.

……그러나 힘이 약해서 가파른 고개를 올라가지 못했던 탓 에, 사쿠라 고개에서는 승객이 차에서 내려 뒤에서 밀어줬습 니다. 거짓말 같지만 사실입니다.

야마조에 미쓰마사, 「히가시요시노 견문기」

저자의 말에 따르면 승합차가 다녔던 1920년 무렵에도 여전히 도시락을 허리에 차고 하루 종일 걸려 사쿠라이시까지 가는 것이 보통이었다고 합니다. 그런 상황이었으니 고개에서는 그 시절부터 찻집이 장사를 시작했다나요. 마을에서 출발해 히다루 지장보살**에 이르기 전에는 '히노모리 찻집'이, 고개 위로 올라가면 '우에노 찻집'이 있었다고 합니다.

마침 제가 이 글을 쓰고 있는 12월에는 사쿠라 고개의 히다루 지장보살이 새해를 맞이하기 위해 남천나무와 소나무로 장식됩니다. 그 모습은 지금도 고개를 지켜보는 동시에 허리에 찬 도시락과 목탄차, 자전거로 이 고개를 넘었던 사람들의 모습에 대해 슬쩍 알려주는 것 같기도 합니다.

얼마 전 남편이 소방대 모임에서 히다루 지장보살 근처에 있는 공터의 풀을 베고 왔습니다. "이 공터는 뭔가요?" 하고 한 소방대원에게 묻자 "옛날 고갯길이 여기였어"라고 대답했다고 합니다. 그러고 나서 50년쯤 전 오사카에서 이 마을로 이사를 온 부부에게 물었더니, "옛날 (고갯)길은 구불구불하고 지면이 울퉁불퉁해서 차가 꼭 튀어오를 것 같았지만 벚꽃이 예뻤지"라고 했습니다. 사쿠라佐倉 고개는 사쿠라桜(벚꽃) 고개였던 모양입니다. 그런 이야기를 들은 다음『히가시요시노의 옛 가도』라는 책을 펼쳐보자, 역시 새로운 국도의 동쪽에 옛날 고갯길이 있고 현재 '자연과 마음의 교감 운동'이라고 적혀 있는 간판 근처이자 일찍이 '히노모리 찻집'이 있었던 '히노모리구치'가 옛 도로의 입구였다는 기술이 눈에 띄었습니다. 또 다음과 같은 언급도 있었습니다.

이 도로, 특히 사쿠라 고개 일대의 개발은 히가시요시노의 북쪽 현관문 역할을 수행하기 위한 커다란 과제였다. 또한 이 개발은 히가시요시노가 가미이치를 중심으로 하는 요시노 경제권에서 우다·사쿠라이 경제권으로 이동하는 계기가 되었다.

『히가시요시노의 옛 가도』

사쿠라 고개의 개발이 없었다면 저희 도서관을 "마을 입구 부근에 있다"고 소개할 수 없었을 테고, 우다 방면이 생활권 속에 들어와 있는 현재도 없었을 것입니다. 이 개수 공사는 원래 경사가 급했고 비나 결빙으로 심하게 붕괴되곤 했던 고갯길에 고생하던 사람들의 염원으로 1882년에 시작되었습니다. 이후 1896년에 일어난 '메이지 대홍수'의 피해

230

를 계기로 1899년과 1900년에 대대적인 개수 공사가 이루어져 고개 정상으로 향하는 에움길이 '큰 굽이'라고 불리게 되었습니다. 그 후 '큰 굽이'를 더욱 완만하게 만드는 공사가 1931년에 완료되었다고 합니다. 앞서 언급한 책을 다시 한번 펼쳐보겠습니다.

> 우리 마을에 승합차가 다니기 시작한 것은 다이쇼 10년(1921) 5월입니다. 당시 마쓰야마초(현재의 우다군 오우다초)에서 와시카구치(현재의 오가와무라)까지 노선을 개통했습니다.
>
> 야마조에 미쓰마사, 『히가시요시노 견문기』

1921년은 아직 '큰 굽이'가 완만해지기 전이니, 사쿠라 고개의 급경사를 올라갈 때 모두 함께 자동차를 밀었다는 이야기도 이해가 됩니다. 그 뒤로도 재해로 인한 복구와 개수 공사가 여러 차례 이루어졌다고 합니다. 특히 1959년의 태풍 베라*** 때는 꼭대기의 절개지가 붕괴되어 도로를 막는 바람에 사람들이 한동안 메이지 초기처럼 산 정상부를 따라 이동했다고 합니다. 이런 에피소드에서도 옛날 길과 과거 사람들의 생활을 알아두는 것의 중요성을 느낍니다. 히다루 지장보살의 절벽 부분도 붕괴된 적이 있다는군요.

앞서 말한 부부가 "옛날에는 소포를 마을까지 배달해주지 않았고, 배달부가 사쿠라이시의 역에 놔뒀어. 명절 때 누가 과일 같은 걸 보내면 가지러 갈 수가 없어서 썩어버리는 경우가 있으니까, 역무원에게 전화를 걸어 드시라고 하기도 했지"라고 이야기해주었습니다. 고갯길은 마을의 생활을 편리하게 바꾸었고, 그 덕분에 저희는 이곳으로 옮겨와 살 수 있었습니다. 하지만 역에 맡겨둔 과일을 나누어 먹는 불편함에 부록처럼 붙어 있는 한가로움을 왠지 동경하게 되는 건, 그것이 지금 저에게 없기 때문일까요?

---

*   일본의 각 지방에서 일본 신사의 본산인 이세 신궁으로 가는 참배 길로 정비된 큰길.

**   행인을 극심한 배고픔에 이르게 한다는 요괴 '히다루카미'에게 홀리지 않기 위해 세운 지장보살상.

***   별칭 이세만 태풍. 일본에 상륙한 역대 태풍 중 가장 큰 인명 피해를 냈으며 이세만의 범람으로 인해 인근 지역에 엄청난 타격을 입혔다.

지붕이 보낸 편지

얼마 전 『히가시요시노무라사史 사료편』을 훑어보던 중
흥미로운 문서를 발견했습니다. 1917년, 지붕으로 이을 삼
나무와 편백나무 껍질을 확보하기 위해 고쓰강 노동조합이
껍질 가격과 분배 방식을 정한 규약입니다.

다이쇼 6년 2월 삼나무와 편백나무 껍질에 관한 규정서
1. 이 지역의 민가와 부속 건물은 소수의 기와지붕을 제외하
면 전부 나무껍질 지붕인지라 이에 지붕의 수리 및 교체에
필요한 삼나무와 편백나무 껍질에 해마다 부족함을 느끼고
있어…….

『히가시요시노무라사 사료편』

고쓰강 일대의 건물들은 일부 기와지붕 주택을 제외하면 대부분이 나무껍질 지붕인 탓에 해마다 재료가 부족해지고 있다는 내용입니다. 그 정도였나 싶어서 깜짝 놀랐습니다. 현재의 고쓰강 근방에서 나무껍질 지붕을 본 적이 없기 때문입니다.

집주인에게 받은 옛날 사진을 보면 저희 도서관도 원래는 나무껍질 지붕이었습니다. 그래서 삼나무와 편백나무 껍질에 관한 기록이 더욱 흥미롭게 다가왔습니다. 처음 그 사진을 봤을 때는 나무껍질 지붕이라는 주거 형태를 처음 봐서 그 모습에 강하게 매료되었던 것이 기억납니다. 그 위로 함석을 덧씌웠는지 지금도 함석지붕 아래로 나무껍질이 살짝 보이기는 합니다. 이런 연유로 이웃에게 나무껍질 지붕에 대해 물어봤더니 다음과 같이 말했습니다.

"옛날엔 있었지. 요 근처(와시카의 주거지 부근)에도 많았거든. 아래쪽에는 판자를 깔고 그 위에다 방수 목적으로 덮는 거야. 요즘 함석으로 덮는 것처럼 그때는 삼나무 껍질로 덮었지."

고쓰강 노동조합의 자료에는 삼나무와 편백나무 껍질이라는 기록이 있었으니, 이웃이 봤던 것보다 더 옛날로 거슬러 올라가보고 싶어서 오래된 참고 자료를 살펴봤습니다.

『고사류원』 데이터베이스에서 '편백나무 껍질 지붕檜皮葺'
으로 찾아보자,

> 편백나무 껍질: 옛날 궁궐은 모두 편백나무 껍질로 지붕을
> 이었고, 지금도 궁궐과 오래된 신사 등에는 반드시 사용된다.
>
> 『유취명물고類聚名物考』 궁실 2, 『고사류원』 거처부 15

이런 내용이 나왔습니다. 확실히 편백나무 껍질 지붕이
라고 하면 신사 같은 특별한 장소에 쓰일 것 같습니다. 앞서
말한 고쓰강 일대에서도 일반 가옥에는 삼나무 껍질을 사
용하지 않았을까 추측합니다. 또 오와키 기요시의 「오키·이
즈모 기와지붕 기행: 삼나무 껍질 지붕과 히다리잔가와라左
桟瓦·세키슈가와라石州瓦(오키·산인 연안의 풍습)」에는 이런
구절이 나옵니다.

> 작은 집의 지붕은 초가지붕 또는 돌을 얹은 삼나무 껍질 지
> 붕이었다고 추측된다. 오키에서는 산과 들에 갈대가 많은 농
> 촌이면 초가지붕, 갈대를 얻을 수 없는 어촌이면 돌을 얹은
> 삼나무 껍질 지붕으로 만드는 경우가 많았다고 한다. 에도
> 시대 말기부터 방화에 적합한 기와지붕이 조금씩 보급되기

시작해, ……메이지 시대 말기부터 다이쇼 시대에 걸쳐 보급되었고, 쇼와 시대에 들어 더욱 널리 퍼졌다.

오와키 기요시, 「오키·이즈모 기와지붕 기행: 삼나무 껍질 지붕과 히다리진가와라·세키슈가와라」, 《민속문화》 23호

히가시요시노무라는 산촌이기는 해도 같은 과정을 거쳐 지금의 지붕이 된 것이 아닐까 추측해봅니다.

마을 목수가 저희 집에 올 일이 있어서 삼나무 껍질 지붕에 대해 조금 더 자세히 알아봤습니다. 말투도 무척 매력적이어서 가능한 한 제가 들은 그대로 옮겨보겠습니다.

"옛날에는 함석이 없어가 나무껍질로 했다 아입니꺼. 함석지붕은 (그 위로 콜타르를) 안 칠해도 50년은 갑니더. (함석지붕에 콜타르를) 칠하는 경우도 있지만, 그케봤자 2, 3년삐 안 가거든에. 눈 때매 벗겨지니까. 나무껍질 지붕은 딱히 눈을 안 털어내도 그대롭니더. 10장 정도 겹쳐가 이는 기지. 글카고 초가지붕 같은 건 지금 만들라 카믄 백만 엔, 이백만 엔 비싸게 들고. 이런 집이라믄 나무껍질 위에 함석을 이은 기지요. 옛날에는 나무껍질로 이었지만 그 껍질이 점점 없어지고, 지붕 이는 사람도 없응께 함석으로 바꼈지. 나무는 껍질을 벗겨내면 (목재로는) 못 쓰그든에."

목수에게 직접 껍질로 지붕을 이은 경험이 있는지 물어
봤습니다.

"하모예. 지금도 껍질로 이는 경우가 있십니더. 지붕을 고
정할 때 옛날에는 대나무를 쪼개가 그걸로 위에서 고정했
지예. 그러면 우짜든둥 그 구멍으로 빗물이 들어온다 아입
니꺼. 그걸로 고정을 시키났으니까예. 고정을 안 할 수는 없
응께 말입니더. 인자 이런 껍질이 없어예. 집 한 채(의 모든 지
붕을) 이을 정도는. 뭐, 함석이 제일 무난키도 하고, 나무껍
질 자체의 수요가 없응께요. 신사처럼 짧은 편백나무 껍질
을 몇십 장씩 겹쳐가 지붕을 이으모, 그런 건 지금 할라 카
믄 수천만 엔 들것지. 편백나무 껍질은 신사 같은 데가 아이
면 안 씁니더. 비싼 데다가 잘 갈라지기도 하거든에. 자잘자
잘하게 갈라지니까. 삼나무 껍질은 그런 기 없지. 일반 가정
에서는 삼나무 껍질, 신사는 폭이 좁은 편백나무 껍질을 써
가 대나무 못으로 고정하지예. 요즘 시대에는 사치 아입니
꺼, 이제 재료가 없으니까."

"이런 데(벽)를 나무껍질로 바르는 곳은 수두룩하지예. 베
니어합판 같은 거라도 상관없응께 아래쪽에 깔고, 나무껍
질 붙여가 대나무 못으로 고정하는 깁니더. 지금 그래 해놓
은 데가 히라노에 있는 덴코엔이라는 요릿집인데, 거기 벽

을 그래 만들었다 아입니꺼. 최근에도 어데더라, 나무껍질
을 썼는데. 집에 붙이고 싶다 카는 사람도 있었고. 유지랑
관리는 마, 역시 힘들지예. 이끼가 끼거나 떨어지기도 하고.
그래도 썩지는 않십니더. (소재로서는 확실히) 좋아예. 재밌기
도 하고."

앞서 언급한 오와키의 글에도 나무껍질 지붕 집의 해체
및 이축移築 때의 기록이 있어서 그 모습이 머릿속에 그려
집니다. 1척尺은 약 30.3센티, 1촌寸은 1척의 10분의 1(3.03센
티), 1푼分은 1촌의 10분의 1(0.303센티), 1리厘는 1푼의 10분
의 1(약 0.0303센티)입니다.

또한 아이치현 메이지무라로 이축된 에도 시대의 공연장
'구레하자'의 삼나무 껍질 지붕은 길이 2척 2촌, 폭 1척, 두께
1푼 5리, 간격은 2촌이다. 통상적으로 2간間분의 폭(약 3.6미
터)을 얹을 수 있는 삼나무 껍질을 한 묶음으로 출하하며 한
묶음은 10장에서 12장, 전체를 고정하기 위해 아래에서 1척
4촌의 위치에 폭 3센티 정도로 쪼갠 대나무를 놓고 철못을
박는다고 한다.

앞의 책

238

목수의 말에 따르면 지붕 재료로 쓸 껍질을 벗겨낸 나무는 목재로 사용하기 어렵다고 합니다. 그 이야기와 앞의 기록에서 나온 정보를 합쳐보면, 껍질 한 묶음을 갖추는 데도 엄청난 수고와 많은 나무가 필요하기 때문에 현재로서는 삼나무 껍질 지붕을 유지하거나 재현하는 것이 무척 고생스러우리라는 점을 이해할 수 있습니다. 오와키의 논고에 따르면, 삼나무 껍질 지붕은 초가지붕이나 편백나무 껍질 지붕에 비하면 상당히 특수해서 일반적인 지붕 관련 서적에서 다루는 경우도 드물다고 합니다. 그렇게 생각하니 더더욱 이 논고의 소중함이 피부에 와닿았습니다. 나무껍질은 비와 건조한 공기에 노출되면 심하게 휘어져서 지붕 재료로서의 아름다움을 잃는다는 기술도 있었습니다. 하지만 흑백사진으로 찍힌 삼나무 껍질 지붕의 행렬은 실제로 본적이 없는데도 진한 향수를 불러일으켰고, 마을의 풍광과 어우러지는 아름다운 모습으로 저의 뇌리에 박혔습니다. 상하면 휘어지는 삼나무 껍질의 특성조차 상상해보니 비늘을 가진 생명체 같아서 오히려 친근감이 샘솟았습니다.

이야기를 듣던 중 문득 목수의 등 뒤쪽을 봤더니 함석 아래로 이끼 낀 삼나무 껍질이 스르륵 떨어지고 있는 게 보였습니다. 목수에게 보여주자 "아, 저쪽이 빠지고 있네예. 인자 빈 곳이 생기뼜네" 하고 말했습니다. 그것이 마치 삼나무 껍질 지붕 시절의 이 집이 보낸 편지 같아서, 차마 다시 밀어 넣을 수 없었습니다.

내년의 '돈도'가 기대되는 이유

　정초가 지나 새해 분위기도 옅어질 때쯤, 회람판이 돌며 올해는 1월 15일에 '돈도'를 한다는 소식을 전했습니다. '돈도' 혹은 '톤도'는 정월 장식이나 신사에서 나눠주는 부적, 신춘휘호 등을 태우는 행사로 일본 전역에서 행해지는데, 주로 논에서 한다고 합니다.

　저는 베드타운에서 자란 탓에 그런 행사와는 인연이 없었고, 돈도라는 단어 자체도 대학생 때 처음 알았습니다. 히가시요시노무라는 강과 산 사이라는 위치상 논이 없습니다. 그래서 강변에서 돈도를 하는 광경을 자주 봅니다. 『히가시요시노무라의 연중행사』를 펼쳐보니 '돈도' 항목에 이런 기술이 있었습니다.

14일 저녁 신사의 제사에 쓰인 금줄과 새해맞이 소나무 장식, 그 외 제사 용품 등을 낡은 제단이나 부적과 함께 가지고 와서 가이토垣內* 단위로 돈도에서 태우는 행사는 현재도 히가시요시노무라에서는 널리 치러진다. 신사의 제사 용품을 다른 부엌 쓰레기처럼 폐기물로 처리하는 것은 부정하다고 여겼기 때문에, 삼나무 잎과 통나무를 모아서 피운 신성한 돈도 불로 처리하는 방법을 생각해냈을 것이다.

「히가시요시노무라의 연중행사」

* 회람판을 돌리거나 집 주변을 청소하는 등 지역 자치 활동을 담당하는 가장 작은 그룹입니다. 와시카 지구에는 십수 개의 가이토가 있으며, 각 가이토에는 '가와이 가이토'와 같은 이름이 붙어 있습니다.

저희 가이토에서는 고령화가 이루어지고 있고 세대수도 적어서 강변 위쪽 주차장에서 드럼통에 대나무를 곁들여 돈도를 간소하게 치릅니다(드럼통 속에 삼나무 잎과 통나무, 대나무를 넣어서 불을 지핍니다). 행사 날짜도 참가할 수 있는 세대의 사정에 따라 매년 바뀝니다. 요 근방에서는 크리스마스 전부터 이세 가도의 이정표와 지장보살 등의 제단을 금줄과 새해맞이 소나무 장식, 남천나무 등으로 꾸며놓기 때문에 이것저것 태울 거리가 나옵니다. 저와 남편도 와시카 지구의 하치만 신사에 다니고 있어서 매년 나눠주는 꽃 장식(축제 때 모두 함께 만든 것을 1년 동안 원 모양으로 해서 현관 등에 장식해둡니다)이나 부적을 태우기 위해 돈도에 참여합니다.

이날도 강가를 따라 평소의 주차장까지 걸어가니 이웃 아저씨 세 명이 드럼통을 준비하고 있었습니다.

예전에는 집이 주차장 근처인 부부가 돈도에 와서 과자를 나눠주고는 했지만 작년에 마을을 떠나 이제는 오지 않습니다. 불을 붙이면서 아저씨들도 "이제 오는 집도 얼마 없으니까 내년부터 와시카 전체의 돈도를 하나로 합쳐버릴까?"하고 말해서 조금 쓸쓸해졌습니다. 새까매진 대나무 잎이 단숨에 날아오르는 것을 보면서, 제가 예전 이야기를 더 듣고 싶어 하자 마을 사람들이 옛날에는 돈도가 어땠는지 알려주었습니다.

"전에는 강변으로 내려가서 더 큰 대나무랑 통나무 같은 걸 엮었지. 그런데 어르신들이 강가로 내려오는 게 점점 힘들다고 하시기도 해서 장소를 바꾼 거야. 옛날에는 오후부터 불을 피워 한나절 내내 태웠어. 떡도 굽고 말이야." 이웃 아주머니는 "팥죽도 끓여먹었어. 팥을 넣어서 돈도 불로 끓였거든. 지금 먹으면 딱히 맛있지는 않겠지만 그때는 맛있었지"라고 했습니다. 이 이야기를 듣고 『히가시요시노무라

243

의 연중행사』를 다시 보니 이런 구절이 있었습니다.

> 어른들에게는 제삿술과 마른오징어를 대접하고 아이들에게
> 는 과자 봉지(학용품)를 사주었다. 14일 저녁, 그해의 길한 방
> 향 쪽을 아궁이 삼아 가이토의 어르신 입회하에 불을 붙인
> 다. ……준비한 대나무 장대 끝에 떡을 꽂아서 불을 둘러싸
> 고 굽기 시작한다. ……돈도 불, 또는 잉걸불은 집에 갈 때 가
> 지고 가서 15일에 먹을 팥죽의 팥을 삶는 불씨로 사용하는
> 것이 관례다.
>
> 앞의 책

    저희 가이토 사람들은 그해의 길한 방향에서 불을 붙이
는 관습에 대해 들어본 적이 없는 모양이었습니다. 불을 붙
이는 것은 아니지만 본가가 옆 마을 우타노인 친구가 예전
에 "우리 집 근처에서 하는 돈도는 마지막에 그해의 길한
방향으로 쓰러트린대. 쭉 거기서 살았는데도 몰랐어"라고
이야기해준 적이 있습니다.

    "나나쿠사노셋쿠˚ 때 죽에 넣을 나물도 옛날에는 뜯어 오
라고 해서 뜯으러 갔지. 지금은 뜯지 않고 마트에서 사지
만." 이웃 아저씨는 이렇게 말했습니다. 저희 도서관 주변의

옛날 사진을 보면 지금처럼 나무들이 무성하게 자라 있지 않아서 햇빛도 잘 들었던 것 같습니다. 식생 역시 옛날과 지금은 크게 다른 듯합니다. 집주인도 "옛날에는 툇마루에 볕이 잘 들어서 어머니가 거기서 이불을 말렸어요", "산에는 나무 종류가 다양해서 밤을 주우러 다니기도 했지요"라고 말했습니다.

일곱 가지 봄나물 죽에 관해서는, 『고향의 맛 히가시요시노무라』라는 향토 음식에 관한 책을 마침 가지고 있어서 펼쳐봤더니 이런 내용이 있었습니다.

1년 중 가장 푸성귀가 적은 시기에, 무병식재無病息災[*]를 기원하며 일곱 가지 봄나물 중 몇 종류를 전전날인 5일에 뜯어 7일에 죽으로 만들어 먹는다(6일은 공주님이 뜯는 날이라고 하여 피했다).

「고향의 맛 히가시요시노무라」

내력 자체는 다른 지역과 거의 비슷해 보이지만 "6일은 공주님이 뜯는 날이라고 하여 피했다"는 것은 처음 보는 내용이었습니다. 또 뒤에 이어지는 레시피를 보니 일곱 가지 봄나물 중 몇 종류와 쌀에 더해 소송채, 배추, 떡, 된장, 소금도 넣는다고 적혀 있어서 양이 상당할 듯했습니다.

이런 이야기로 분위기가 달아올라, 돈도 불이 다 탈 무렵에는 "내년엔 다시 강변에서 할까? 나무는 작은 걸로 엮어서 말이야" 하는 이야기가 오갔습니다. "강변에서 할 거면 먹을 걸 가져오자"는 이야기도요.

마을의 옛 모습을 아는 것은 실로 즐거운 일입니다. 히가시요시노무라의 풍경은 분명 변해가고 있지만, 날마다 바뀌는 도심보다는 변화의 속도가 느려서 과거와의 연속성을 찾기 쉬운지도 모릅니다. 돈도 이야기에서 보듯이 과거와 현재의 연속성을 실감하면 현재와 구체적인 미래 사이의 연결점도 인식하기 수월해지는 듯합니다. 그렇기 때문에 없앨 것인가, 지금처럼 유지할 것인가 하는 양자택일에서 벗어나, '형태를 좀 바꿔서 무리하지 말고 즐겁게 이어나가자' 하고 미세하게 조정한 이듬해의 돈도를 떠올릴 수 있었던 게 아닐까요. 내년의 돈도가 벌써부터 무척 기대됩니다.

*   1월 7일에 일곱 가지 봄나물이 든 죽을 먹고 건강과 장수를 기원하는 일본의 명절.
**   병과 재앙이 없는 것.

말이 걷는 속도를 떠올리다

맑은 공기가 상쾌한 계절에 저희가 속해 있는 가와이 가이토에서 집행하는 '마두관음제' 안내장이 도착했습니다. 올해는 5월 9일, '어머니의 날'에 개최한다고 합니다. 루차 리브로가 있는 와시카 지구는 이세 가도가 지나가고 마을 한가운데에는 그 이정표도 세워져 있습니다. 이정표에서 면사무소 방향으로 가다가 신카와이교橋를 건너서 뒤돌아 보면 다리 옆 와시카강을 따라 좁은 길이 나 있고, 그 끝에 작고 귀여운 제단이 놓여 있습니다. 이것이 이세 신사 참배와 사람들의 이동을 도왔을 말들의 수호신, 마두관음의 제단입니다.

제례라 해도 저희 가이토 사람들끼리만 치를 정도로 무

척 작은 규모입니다. 대략적인 일정은 세로로 긴 깃발을 세우고, 공양물(채소와 과자, 주스 등)을 바치고, 모두 함께 경을 외는 것입니다. 예전에는 근처 절의 스님을 초청해 경을 외었지만 이번에는 평소 이 제단을 유지, 관리하는 이웃이 대표로 반야심경을 낭독했습니다. 경을 외는 동안 가이토 사람들이 향을 피우고 절을 합니다.

그런 다음 깃발을 정리하고 공양물도 까마귀가 먹지 않도록 회수해 이웃의 현관 앞에서 분배합니다. 혼자 사는 사람도 있어서 "당근 드실래요?", "아아, 귀찮은데", "전자레인지에 데워서 먹으면……" 하며 나눠 가집니다. 이웃은 마두관음의 평상시 유지와 관리에 대해 "주로 정월 전이랑 오본 때, 옛날에는 춘분과 추분 전후에도 청소를 했어" 하고 말했습니다. 동네 청소도 아주 꼼꼼하게 하는 사람이라서 제단 역시 무척 깨끗하게 관리합니다. 낙엽이 지는 계절에는 제단에 잎이 수북하게 쌓여서 치워도 치워도 끝이 없다고 했지만요. 이 작은 제단과 제례에 관한 기록은 없을까 해서 책을 찾아보자 『히가시요시노의 옛 가도』에 다음과 같은 기술이 있었습니다.

가와이교의 남쪽 끝 상류 방향, 1776번지 가와이 사토시 씨

댁에서 강 쪽 바위 위에 모셔놓은 제단의 주인은 마두관음이다. 이세 가도의 역참 마을로서 여행자의 안전을 비는 동시에, 여행과 물자 운송에 헌신했던 말을 비롯한 동물들의 영혼을 기리고 있다. 지금도 매년 5월 가와이 가이토 사람들을 중심으로 정성껏 제례를 지낸다.

『히가시요시노의 옛 가도』

이 책이 출간된 당시에는 다리 이름이 가와이교였던 모양으로, 현재의 신카와이교는 1997년 이후에 다시 건설한 새 다리로 추측됩니다.

마을 사람들의 생활에 말이 어떤 식으로 관련되었는지 알고 싶어져 얼른 다른 책을 찾아봤습니다. 『히가시요시노 무라사 사료편』에는 특히 근세 편에 말에 관한 기록이 곳곳에 보입니다. 말과 소 방목장 설치를 둘러싼 갈등에 관한 탄원서, 가도의 역참으로 말과 사람을 교체하는 전마소伝馬所가 있었던 와시카무라의 모습, 또 기슈번의 말과 사람 교체에 따른 부담이 막대해 임금인상을 요청하는 탄원서가 사료로 수록되어 있었습니다. 앞에서도 썼듯이 와시카는 기슈번의 영토로 가도가 지나는 역참 마을이었기 때문에 현재도 와시카의 중심 주거지에는 혼진本陣이나 여관의 흔적

249

이 남아 있는 집들이 여럿 있습니다. 『히가시요시노의 옛 가도』와 『히가시요시노무라 향토지』에는 다음과 같은 기록이 있는데, 말과 사람의 왕래가 왕성했던 당시의 모습이 엿보입니다.

기슈번에서는 고시베*와 와시카에 혼진과 전마소를 설치해 번 여정의 주요 거점으로 삼았다. 역참 마을이 된 와시카에서도 그 부근이 중심지가 되었다.

「히가시요시노의 옛 가도」

* 히가시요시노무라의 옆옆 마을인 오요도초의 한 구역입니다.

이 가도를 가장 유명하게 만든 것은 두말할 나위 없이 에도 시대 기슈번주의 참근교대**다. 55만 석***의 위용을 휘날리며 당당하게 지나갔던 길이 이 가도다. 와시카는 기슈번주의 혼진을 비롯해 '히우라야', '아부라야', '우에쓰지야' 등의 숙소가 줄지어 있어 작은 역참 마을의 모습을 보였으며, 이세 신사에 참배하러 가는 여행객과 행상인의 왕래도 있어서 매우 번성했다고 한다.

「히가시요시노무라 향토지」

이처럼 번성했던 시대도 있었지만 이동수단의 변화 등과 함께 여관과 가게는 점차 줄어들었고, 말도 자취를 감췄습니다. 『히가시요시노무라사 사료편』의 근대편에서 와시카 지구와 말에 대한 기록은 1883년의 '와시카무라 마을 역사'에만 등장합니다. 소와 말의 수가 기재되어 있는데 와시카에는 수말이 두 마리밖에 없었던 듯합니다.

지금 이 가도를 오가는 것은 말이 아닌 자동차입니다. 그래도 마두관음 제단을 깨끗하게 청소하고 제례를 조용히 이어온 덕분에 이세 신사 참배 행렬이나 참근교대를 도왔던 말들의 까만 눈동자를 떠올려볼 수 있습니다. 당시의 풍경을 아스팔트 도로에 겹쳐보면, 말이 걷는 속도로 여행했던 시간 감각을 아주 조금은 되찾을 수 있을 것 같습니다.

---

*   에도 시대의 역참에서 다이묘 등이 숙박했던 공인된 여관.
**   에도 시대에 각 번의 다이묘를 막부가 위치한 에도에 교대로 출사시킨 제도로, 다이묘의 권력을 견제하는 기능이 있었다.
***   '○○만 석'은 에도 시대의 영지 생산력을 측정하는 단위로 기준은 쌀 생산량이다. 55만 석은 55만 명의 성인을 1년 동안 먹여 살릴 수 있다는 뜻이며, 기슈번은 당시 매우 부유한 번이었다.

후기

    눈이 자주 내려 다리를 뒤덮는 겨울부터 이 책을 쓰기 시작해 다시 슬슬 추워지는 무렵에 이 후기를 적고 있습니다. 예전에는 현관이었던 작은 방에 등유난로와 화분(추운 방에 두면 시들어버립니다)을 가져다 놓고 커튼으로 입구를 막아 따뜻하게 해둔 뒤 컴퓨터 앞에 앉았습니다. 커튼 안팎에서는 책들이 제 역할을 기다리며 잠들어 있습니다.

    이제껏 루차 리브로의 활동을 통해 누군가가 삶의 어려움을 마주할 때 그 곁을 지켜줄 수 있는 책을 소개해왔습니다. 대학도서관에서 근무하던 때보다 몇 걸음 더 깊숙이 들어가 지원하기도 했고, 처음부터 책을 찾아달라는 요청을 받지 않은 경우도 있었습니다. 그런 동행을 하겠다는 결심의 뿌리에는 큰 위기를 겪으며 저 자신의 당사자성을 마주해야 했던 경험과, 루차 리브로에서 손님과 대화하거나 오므라이스 라디오를 통해 청취자들과 이야기를 나누는 나날 속에서 점차 변화한 저 자신이 있었습니다. 그래서 루차 리브로의 동행자로서 다소 독특한 활동을 하는 것과 어려움을 겪는 당사자로서 저 자신을 마주하는 것은, 지난 7년 동안 늘 양쪽 바퀴처럼 함께 굴러갔습니다. 루차 리브로 활동을 통해 무언가를 발신하는 일은 동행자로서의 측면에 초점이 맞추어져 있지만 이는 다른 쪽 바퀴가 있었기에 가능했습니다. 그것이 대학도서관 사서 시절에 한 일과 가장 다른 부분이었습니다.

이 책을 쓰면서 '치유와 독서', '치유와 도서관'이라는 주제가 책을 형성하는 요소로 떠올랐습니다. 이 주제를 마주하기 위해서는 그전까지는 부차적으로 다루어온 저 자신의 당사자성을 동행자로서의 측면과 동등하게 다루어야 한다고 느꼈습니다. 그리고 이 생각을 뒷받침해준 것은 관련 미팅 때 안도 아키라 편집자가 한, "입원했을 때의 경험도 좀 더 써보시면 어떨까요?"라는 말이었습니다. 그 덕분에 불완전한 사서의 불완전한 부분에 주목할 수 있었습니다.

동행자로서, 또 당사자로서 어디로 당도할지는 아직 모

253

르겠습니다. 지금까지 읽어온 글, 누군가와 나누어온 말로 이제까지의 루차 리브로가 만들어졌다면 앞으로 읽을 책과 나눌 말로 예상조차 하지 못한 새로운 루차 리브로가 다시 만들어질지도 모릅니다. 그것이 어떤 모습일지는 아직 알 수 없습니다. 모른다는 것을 희망으로 삼아 또다시 앞으로 나아가겠습니다.

이 책이 완성되기까지 저와 함께 걸어준 안도 아키라 님, 사진을 찍어준 무네이시 게이코 님, 교정을 봐준 무타 사토코 님, 디자인을 맡아준 나쿠이 나오코 님, 감사합니다. 루차 리브로를 찾아주시는 여러분, 오므라이스 라디오를 들어주시는 여러분, 마을의 여러분, 언제나 함께 머리를 감싸 쥐고 고민해주셔서 고맙습니다. 그리고 루차 리브로를 같이 운영하는 가보스 관장님, 오크라 주임, 남편 아오키 신페이에게도 감사의 말을 전합니다.

아오키 미아코

필통을 열고, 창문을 열면

이 책의 번역 작업을 의뢰 받은 것은 작년 여름이었다. 메일로 온 출판사의 책 소개에 '대학도서관에서 근무하던 저자가 직장 스트레스와 동일본대지진의 여파로 도시의 삶에서 벗어나 숲속에 사설 도서관을 마련한 이야기'라고 적혀 있었기에, 단순한 나는 '숲속 도서관, 낭만, 힐링! 재밌겠다!' 하며 번역을 덥석 수락했다. 회사 일에 지친 직장인이 시골에서 도서관을 열어 제2의 인생을 살아가는 내용의 경쾌한 에세이인 줄 알았던 것이다.

한데 막상 읽어보니 이 책에 담긴 내용은 그렇게 만만하지 않았다. 저자가 느끼는 삶의 어려움은 생각보다 훨씬 무거웠고, 그로 인해 겪은 사직과 장기 입원 등의 일은 한 인간

255

의 존재 자체를 무너트릴 수 있을 정도로 심각한 것이었다.

하지만 놀랍게도 저자는 그 상태로 주저앉지 않았다. '감당할 수 없는 문제'를 껴안은 채로 사설 도서관을 만들어 그곳의 사서가 되었다. 자신의 문제를 '열어놓고 함께 생각하기'를 무의식중에 원했기 때문이다. 그러자 놀라운 일이 일어났다. 이 도서관을 찾아오는 손님들도 자신의 문제를 터놓고 이야기하기 시작한 것이다.

포스트잇을 붙인 채 장서를 대출해 문제의식을 공유하고, 독서 모임을 주최해 현재의 고민거리를 함께 생각하며, 도서관 일이 힘에 부치면 공개적으로 호소해 손님들을 운영에 참여시킨다. 이런 루차 리브로만의 독특한 방식은 그곳을 찾는 사람들로 하여금 자신을 개방하게 만들고, 그 공간에 몸과 마음을 단단히 결속시키도록 돕는다. 도시의 여느 도서관에서처럼 필요한 책만 달랑 대출해 가는 식의 냉담한 거리두기가 루차 리브로에서는 도무지 불가능해 보인다. 그곳에는 책뿐만 아니라 사람과 사람이, 사람과 공간이 만나 일으키는 화학반응이 있다. 그것은 '인간미'라든가 '힐링' 같은 단순한 단어로 정리해버릴 수 없는, 개인화가 가속화하는 우리 사회에 꼭 필요한 좀 더 근본적인 무언가가 아닐까 싶다. 본문에 나온 표현을 빌려 말하자면, '필통을 활짝 열고 서비스나 계약 이외의 방식으로 맺어가는 관계'도 그중 하나일 것이다.

단 하나의 삶밖에 살지 못하는 우리에게는 다른 풍경을 보여줄 창문이 필요하다. 책을 좋아하는 사람이라면 '책이라는 창문에 달라붙어' 그 너머로 새로운 풍경을 본다는 것이 무슨 뜻인지 금세 이해할 터다. 어쩌면 이 책도 어떤 이들에게는 그런 창문이 되어줄 수 있을지도 모른다. 쳇바퀴 도는 듯한 하루하루에 무력감을 느끼는 사람, 마음이 꽉 막혀버려 새로운 풍경을 찾을 수 없는 사람, 사방이 벽으로 둘러쳐진 듯한 답답함을 느끼는 사람. 그런 분들이 이 책을 읽고, 또 이 책에서 소개하는 책들을 이어 읽으며 다른 삶과 다른 풍경을 접하면 꽉 막힌 공간에 작은 숨구멍이 트이는 듯한 기분을 맛보리라 생각한다(일단 나는 번역 작업을 끝내자마자 『우연의 질병, 필연의 죽음』과 『어스시의 마법사』를 읽었고, 그럼으로써 저자의 창밖 풍경과 나의 창밖 풍경이 살며시 겹쳐졌다고 느낀다).

필통을 열고 창문을 열면, 우리의 세계는 조금씩 확장된다. 루차 리브로에 직접 방문하지는 못하더라도 우리는 이런 방식으로도 서로 연결될 수 있다.

이지수

257

이 책에 소개된 도서들

가라앉은 자와 구조된 자 프리모 레비 지음, 이소영 옮김, 돌베개, 2014.

가족의 역사를 씁니다 박사라 지음, 김경원 옮김, 원더박스, 2023.

고야산 스님·초롱불 노래 이즈미 교카 지음, 임태균 옮김, 문학동네, 2010.

나니아 연대기 C. S. 루이스 지음, 햇살과나무꾼 옮김, 시공주니어, 2019.

난 역시 늑대야 사사키 마키 지음, 황진희 옮김, 미래아이, 2022.

도망치는 건 부끄럽지만 도움이 된다 우미노 쓰나미 지음, 장혜영 옮김, 대원, 2019.

맨발의 겐 나카자와 케이지 지음, 김송이 외 옮김, 아름드리미디어, 2024.

몽십야 나쓰메 소세키 지음, 박현석 옮김, 현인, 2019.

반지의 제왕 J. R. R. 톨킨 지음, 이미애 외 옮김, 아르테, 2021.

생명의 역사 버지니아 리 버튼 지음, 임종태 옮김, 시공주니어, 2018.

샤이닝 스티븐 킹 지음, 이나경 옮김, 황금가지, 2003.

신곡 단테 알리기에리 지음, 박상진 옮김, 민음사, 2007.

아주 평범한 사람들 크리스토퍼 로버트 브라우닝 지음, 이진모 옮김, 책과함께, 2023.

어스시의 마법사 어슐러 K. 르 귄 지음, 최준영 외 옮김, 황금가지, 2006.

우연의 질병, 필연의 죽음 미야노 마키코·이소노 마호 지음, 김영현 옮김, 다다서재, 2021.

위국일기 야마시타 도모코 지음, 한나리 옮김, 대원, 2019.

유리병 속 지옥 유메노 규사쿠 지음, 이현희 옮김, 이상미디어, 2019.

한밤중 톰의 정원에서 필리파 피어스 지음, 김석희 옮김, 시공주니어, 1999.

호조 다미오 단편집 호조 다미오 지음, 인현진 옮김, 지식을만드는지식, 2024.

화씨 451 레이 브래드버리 지음, 박상준 옮김, 황금가지, 2009.

* 책의 본문에서 언급한 도서 중 국내에 번역 출간된 도서의 정보를 정리했으며, 절판도서는 제외했다.

나는 숲속 도서관의 사서입니다

초판 1쇄 발행 2025년 3월 14일
초판 2쇄 발행 2025년 4월 23일

지은이 아오키 미아코
옮긴이 이지수
발행인 김형보
편집 최윤경, 강태영, 임재희, 홍민기, 강민영, 송현주, 박지연
마케팅 이연실, 송신아, 김보미 **디자인** 송은비 **경영지원** 최윤영, 유현

발행처 어크로스출판그룹(주)
출판신고 2018년 12월 20일 제 2018-000339호
주소 서울시 마포구 동교로 109-6
전화 070-5080-4037(편집) 070-8724-5877(영업) **팩스** 02-6085-7676
이메일 across@acrossbook.com **홈페이지** www.acrossbook.com

한국어판 출판권 ⓒ 어크로스출판그룹(주) 2025

ISBN 979-11-6774-194-3 03830

만든 사람들
편집 최윤경 **교정** 이진숙 **표지디자인** [★]규 **본문디자인** 송은비 **조판** 박은진